Manuela Schneider

Geronimo
Der Apachen-Krieger Band 2

Tage der Rache

EK-2 Militär

Ihre Zufriedenheit ist unser Ziel!

Liebe Leser, liebe Leserinnen,

zunächst möchten wir uns herzlich bei Ihnen dafür bedanken, dass Sie dieses Buch erworben haben. Wir sind ein kleines Familienunternehmen aus Duisburg und freuen uns riesig über jeden einzelnen Verkauf!

Mit unserem Label *EK-2 Militär* möchten wir militärische und militärgeschichtliche Themen sichtbarer machen und Leserinnen und Leser begeistern.

Vor allem aber möchten wir, dass jedes unserer Bücher **Ihnen ein einzigartiges und erfreuliches Leseerlebnis** bietet. Daher liegt uns Ihre Meinung ganz besonders am Herzen!

Wir freuen uns über Ihr Feedback zu unserem Buch. Haben Sie Anmerkungen? Kritik? Bitte lassen Sie es uns wissen. Ihre Rückmeldung ist wertvoll für uns, damit wir in Zukunft noch bessere Bücher für Sie machen können.

Schreiben Sie uns: info@ek2-publishing.com

Nun wünschen wir Ihnen ein angenehmes Leseerlebnis!

Heiko, Jill & Moni
Von EK-2 Publishing

Vorwort

Die Tage der Freiheit für die Apachen oder Ndé, wie sie sich selbst nannten, schienen vorüber zu sein. Der Friedensvertrag zwischen Mexiko und den Vereinigten Staaten brachte einen neuen Feind an die Front. Nun mussten sich die Apachen nicht nur gegen die feindlich eingestellten Mexikaner verteidigen, sondern auch gegen die Blaujacken, die Soldaten, die in großer Anzahl in das Territorium von Arizona und New Mexico marschierten und zum Schutz der Siedler und Schürfer ein Fort nach dem anderen errichteten.

Während die Mexikaner und Spanier jenseits der Grenze schon immer mit beispielloser Brutalität gegen die Apachen vorgegangen waren, hatten sich nun auch die führenden amerikanischen Offiziere das Ziel gesetzt, das gesamte Volk der Apachen entweder in Reservaten strikt unter Kontrolle zu halten oder die Gruppen, die sich nicht unterwerfen wollten, gänzlich zu vernichten. Die Anweisung der Regierung war eindeutig auf eine konsequente Verfolgung ausgelegt.

Der Druck auf die führenden Häuptlinge Cochise, Mangas Coloradas, Victorio und Juh wuchs beinahe monatlich. Während Geronimo zu diesem Zeitpunkt als Schamane und Unterhäuptling diente und den offenen Kampf gegen die Überzahl der Weißen nicht fürchtete, suchten Cochise und Mangas Coloradas nach einer anderen, friedlicheren Lösung.

Allen Apachen war die schwindende Zahl ihrer Krieger bewusst. Bei jeder Auseinandersetzung mit der Armee wurden die Apachen von fortgeschrittenen, noch leistungsfähigeren Waffen überrascht. Die Anzahl der Weißen schien von Monat zu Monat zu steigen und mit ihr wuchs die Verzweiflung der einzelnen Stämme.

Historische Figuren

Apachen:
Goyahkla - Der, welcher viel gähnt, wurde später unter dem Namen Geronimo berühmt
Cheehashkish - zweite Frau von Geronimo
She-Gha - weitere Frau von Geronimo, Nichte von Cochise
Mangas Coloradas, auch **Dasoda-Hae** - Häuptling der Bedonkohe, Schwiegervater von Cochise
Cochise - Anführer der Chokonen (Chiricahua)
Taza - ältester Sohn Cochises, später Häuptling der Chiricahua
Naiche - jüngerer Sohn von Cochise, später ebenfalls Häuptling der Chiricahua
Chato - Häuptling der Chihenne Apachen
Nana - Anführer der Chihenne und Schwager von Geronimo
Nah-Dos-Te - Schwester von Geronimo und Nanas Frau
Lozen - Schwester von Häuptling Victorio, Schamanin und Kriegerin mit hellseherischen Fähigkeiten
Victorio - Häuptling der Warm Springs Apachen
Kaytennae - Unterhäuptling von Nana

Die Apachen Stämme:
Bedonkohe: zentrales und östliches Arizona, zentrales und westliches New Mexico
Stamm von Mangas Coloradas und Geronimo
Chokonen: Süd-Arizona
Stamm von Cochise, Taza, Naiche, Chihuahua und Chato
Chihenne oder **Mimbreños**: Mimbreños Berge, New Mexico
Stamm von Victorio, Lozen, Loco, Kaytennae und Nana
Nednhi: Sonora Berge und Chihuahua Nord-Mexiko
Stamm von Juh und später auch Geronimo

US-Armee:

George Nickolas Bascom 1837-1862
General George Crook, genannt **Nantan Lupan**, Häuptling Grauer Wolf, 1828-1890
Kid Carson 1809–1868
Felix Ward, später **Mickey Free** genannt, entführt, er diente später als Scout, 1847–1914
Tom Jeffords, Army Scout, Indianer-Agent, einziger weißer Freund von Cochise, 1832–1914

Begriffe der Apachen

Di-yen – Medizinmann, Medizinfrau
Nish´ii´ – Ich sehe dich.
Ch'ik'eh doleel – In Ordnung, so soll es sein.
Doo dat éé da – Es ist in Ordnung, es spielt keine Rolle.
Gonit'éé – Es ist fein, ein guter Platz, oder auch okay.
Ndé – die Leute. So nannten die Apachen sich selbst (manchmal auch Ndeh oder Indé).
Ussen – der Schöpfer (Gott)
Teniente – Leutnant
Nakai-Yes – Mexikaner Plural
Nakai-Yi – Mexikaner Einzahl
Weißaugen – die Weißen
Pindah-Lickoyee – Die Feinde mit den hellen Augen (Weiße)
Nantan – Anführer (meist General)
Blaujacken – Soldaten
Pesh – Eisen
Kleine Pesh-Stöcke – Nägel
Süßer Sand – Zucker
Ahíyi'e' – Danke!
Sekundo (Secundo) – Wichtigster Krieger (rechte Hand eines Häuptlings oder Anführers)
Enjuh! – Es ist gut.
Eine Sonne – ein Tag
Ein Mond – ein Monat
Zwei Hände – zehn Stück
Eine Hand breit – eine Stunde
Zeit der kürzesten Schatten – mittags
Brennendes Wasser – Mescal oder andere Spirituosen
Tizwin – vergorenes Mais Bier
Huachuca – der Donner
Happy Place oder **Ort des Glücks** – Jenseits
Geisterpony – heiliges Pferd, das einen Sterbenden in das Jenseits trägt

Tobaho – Tabak
Rancheria – Lagerplatz der Apachen
Wicki-ups – Unterstände, gebaut aus dicken Ästen, Zweigen und getrocknetem Gras
Ish-Kay-Neh - der Junge
Eine Ernte – ein Jahr

Die Jahreszeiten:
Zeit der kleinen Adler – frühes Frühjahr
Zeit der vielen Blätter – Frühsommer
Zeit der großen Blätter – Mittsommer
Zeit der großen Früchte – Spätsommer, Frühherbst
Zeit, in der die Erde rotbraun ist – Spätherbst
Zeit des Geistgesichts – der Winter ohne Leben

Kapitel 1

Die Raubzüge gehen weiter

Die Blaujacken von Fort Sill in dem Gebiet, das die Weißen Oklahoma nennen, haben mir Tobaho geschenkt. Ich habe mir eine Zigarette gedreht. Früher haben wir Blätter der Pappeln benutzt, aber nun bekomme ich dafür das dünne Papier des Händlers.

Ich lehne mich gegen einen Baum und betrachte das Muster der Schatten auf dem Boden vor mir. Ich erinnere mich, wie ich oft auf einem Felsplateau genauso an einen Felsen gelehnt die Sonora-Wüste unter mir betrachtet habe. Wenn ich die Augen schließe, spüre ich noch immer die Wärme des Steins, der den ganzen Tag von der Sonne aufgeheizt worden war, und ich rieche noch immer die Luft, die erfüllt war vom Geruch der Wachholder- und Mesquitebäume. Meine Heimat. Wie oft habe ich mir gewünscht, dorthin zurückkehren zu dürfen. Wie oft habe ich den leeren Versprechungen der Blaujacken geglaubt? Heute weiß ich, dass ich erst als freier Geist zu meinem Ort des Glücks zurückkehren werde. Dann, wenn ich meinen letzten Atemzug getan habe.

Als wir damals in die eisernen Wagen einsteigen mussten und tagelang durch die Prärie gefahren wurden, dachten wir alle, dass es nur für ein paar Monde sein würde. Wir alle glaubten, schon bald in unsere Heimat zurückkehren zu dürfen. Lügen, nichts als Lügen.

Ich bin ein Anführer des Volkes der Ndé. Manche von uns nennen sich auch Ndeh oder Indé. Die Weißaugen gaben uns den Namen Apachen. Sie haben uns gefürchtet, denn wir waren furchtlose und tapfere Kämpfer. Lange Zeit galten meine Männer und ich als unbesiegbar. Nun bin ich ein alter Mann und kurz davor, meinem Geisterpony zu begegnen. Mein Herz ist erfüllt von Stolz, denn mein Volk hat Grausamkeiten ertragen, die kein Weißauge ausgehalten hätte. Wir haben einen Kampf geboten, wie ihn keine Kompanie der Blaujacken hätte bieten können. Wir waren die stärksten Läufer, die ausdauerndsten Krieger und unsere Familien wurden geführt von den tapfersten Frauen. Nur die Lügen und schmutzigen Tricks der Pindah-Lickoyee konnten uns bezwingen.

Man hat mich nicht gefangengenommen. Nein, das haben sie nicht geschafft. Geronimo hat sich selbst gestellt. Aber zuerst kämpfte ich noch viele Ernten gegen die zahllosen Feinde in unserem Land. Mit einem Lächeln denke ich zurück an die Tage des Kampfes und der Rache.

Meine Feinde, die Nakai-Yes, fürchteten mich so sehr, dass sie mir meinen Namen gaben. In der Schlacht von Arispe riefen sie einen ihrer Schutzgeister an. Für uns klang es wie Geronimo und die Ndé ehren einen Namen, der einem im Kampf verliehen wurde. Als wir zu dem großen Wasser im Osten gebracht wurden, hat mir ein Mann des Glaubens der Weißaugen erklärt, dass die Nakai-Yes Hieronimus angerufen hätten, denn er hätte sie vor uns schützen sollen. Wir haben die Nakai-Yes von Arispe trotzdem getötet und so blieb mein Name Geronimo.

Ja, ich war ihr Feind und brachte den Tod über die Nakai-Yes und die Pindah-Lickoyee, die Feinde mit den hellen Augen. Ich ritt an der Seite der gefürchtetsten Männer meines Volkes. Höre, wie die Geschichte der Ndé weiterging:

Nachdem sein Bruder und die beiden Neffen von den Blaujacken erhängt worden waren, vergaß Cochise vorerst seine Pläne, mit den Anführern der Soldaten über den Frieden zu sprechen. Da viele der Blaujacken aus den Forts abgezogen wurden, um gegen ihre Feinde in den grauen Uniformen zu kämpfen, waren die meisten Weißaugen schutzlos. Wir sahen darin unsere Chance, die amerikanischen Siedler und Schürfer aus unserer Heimat zu vertreiben. Noch hatten wir die Hoffnung nicht aufgegeben, bald schon wieder über unsere geliebten Berge und die Sonora-Wüste zu herrschen, wie es Generationen unseres Volkes getan hatten. Das war vor vielen Ernten, bevor die Pindah-Lickoyee über uns hinwegfegten wie die Stürme in der Zeit der großen Blätter.

Mangas Coloradas hatte zwar versprochen, den Mann seiner Tochter bei den Friedensverhandlungen zu unterstützen, aber auch er sah die Abwesenheit der Blaujacken als eine mögliche Chance, die Weißaugen loszuwerden. Obwohl er noch immer an seiner Schussverletzung litt, die ihm ein Scout am Apache Pass zugefügt hatte, ritt er tapfer beim nächsten Überfall an unserer Seite, denn Cochise war noch immer voller Zorn über die Ermordung seines Bruders und seiner beiden Neffen und hatte Rache geschworen und Mangas Coloradas wollte an seiner Seite kämpfen.

Wir lauerten einer Kutsche im Cook's Canyon auf. Sie gehörte zu der Overland-Postlinie, aber die Männer schienen eher auf der Flucht zu sein und sahen nicht aus wie normale Reisende. Versteckt hinter großen Felsen beobachteten wir die Männer eine Zeit lang, bevor wir sie überfielen. Sieben junge Weißaugen saßen in der Kutsche und klammerten sich am Kutschbock fest. Der Kutscher peitschte die Maultiere den holprigen Pfad entlang. Ich deutete aus unserem erhöhten Versteck auf die Talsohle.

»Geronimo glaubt, dass diese Männer auf der Flucht sind.«

Cochise nickte.

»Sie sind vielleicht ihren Feinden in den grauen Uniformen entkommen.«

Ich kicherte und schüttelte den Kopf.

»Es wird ihnen nichts nützen, denn uns Ndé werden sie nicht entkommen.«

Cochise schwieg, aber sein grimmiger Gesichtsausdruck kam einem Todesurteil gleich. Die sieben Männer waren tatsächlich den Graujacken entkommen, aber die Flucht dieser Weißaugen und ihre Tage in dieser Welt endeten im Hagel unserer Pfeile und Kugeln. Eine Hand später waren sie alle tot und wir trieben die Maultiere in unser Lager. Die Toten lagen im Canyon und würden ein festliches Fressen für die Kojoten und Pumas werden.

Nur einen Mond später überfielen Cochise und Mangas Coloradas einen ganzen Wagentreck. Wieder war ich an ihrer Seite. Wir töteten einen Mann und eine Frau im ersten

Wagen. Dadurch war der Weg versperrt und die anderen konnten in den Planwagen weder weiterfahren noch umkehren.

»Wir können sie alle töten. Keiner wird entkommen. Sie sitzen fest«, sagte ich und zeigte auf die blassen Gesichter, die hilflos von den Wagen zu uns rüber starrten.

Die Weißaugen wussten, dass ihr Leben vorbei war. Manche schrien, andere fingen an zu weinen. Cochise schüttelte aber den Kopf. Er deutete zu der kleinen Herde Rinder.

»Lasst uns die Tiere in unser Lager treiben. Unsere Frauen und Kinder haben Hunger und wir müssen Vorräte für die Zeit des Geistgesichts anlegen.«

Ich war enttäuscht, aber musste mich der Entscheidung von Cochise beugen. Er hatte sich seit dem Tod seines Bruders verändert. Einen Mond suchte er Rache für den Tod seiner Familienmitglieder und dann wieder verschonte er die Weißaugen, selbst wenn uns ein Sieg sicher war. Ich gebe zu, es ärgerte mich oft, dass man Cochises Entscheidungen immer vertraute, während so mancher Krieger der Ndé mir offen zeigte, dass sie mich nicht als Anführer anerkannten. Ich war nicht der Sohn eines Häuptlings und konnte daher niemals Kriegshäuptling werden. Dank meiner Kraft, Dinge in Visionen vorauszusehen, wurde ich zwar als spiritueller Führer anerkannt, aber mein wirkliches Leben war der Kampf. Die Gebete zu Ussen und die Dinge, die er mir dabei zeigte, betrafen anfangs nur mich selbst und mein Schicksal als Krieger. Erst viele Ernten später sprach Ussen zu mir über Dinge, die mein Volk betrafen.

Weder Cochise noch Mangas Coloradas hatten die Schmach von Pinos Altos vergessen. Dort in der Stadt, wo die Weißaugen sich wie Würmer durch Mutter Erde gruben, war Mangas Coloradas vor vielen Monden ausgepeitscht und schwer verletzt worden. Diesmal kehrte er mit vielen Kriegern zurück. Den Bewohnern war klar, dass wir nicht zum Handeln gekommen waren. Wir überfielen die Stadt. Einige der Frauen hatten sich im Laden des Händlers versteckt. Wir konnten ein paar der Minenarbeiter töten, aber es gelang uns nicht, den Laden zu stürmen, um die Frauen als Sklaven zu nehmen. Im Gegenteil. Diese kämpften beinahe so tapfer wie die Frauen der Ndé. Wir wollten gerade das Haus des Händlers stürmen, als die Frauen einen kleinen Feuerwagen bereit machten. Sie füllten die kurze Stange aus dem Material, das wir Pesh nannten, mit allem, was der Händler hatte und hielten dann eine Fackel an das Ende des Rohres. Mit einem lauten Krachen flogen uns Schrotkugeln und kleine Stöcke aus Pesh entgegen. Zwei Krieger wurden getötet und wir mussten den Rückzug antreten. Es war das zweite Mal, dass ein sicherer Sieg wegen der Feuerwagen in eine Niederlage verwandelt wurde.

»Bei Ussen, wenn sogar die Frauen der Pindah-Lickoyee den Umgang mit diesen Feuerwagen gelernt haben, müssen wir mit noch mehr Feinden und Verlusten rechnen«, gab ich mürrisch zu.

Im Herzen schmunzelte ich aber über den Mut der Frauen und war sicher, dass die eine oder andere vielleicht sogar einen Tropfen Ndé-Blut in ihren Adern hatte. Sie wären gute Gefährtinnen für so manchen unserer Krieger geworden.

Cochise war schweigsam, aber reagierte auf seine eigene besonnene Art auf die Ereignisse in Pinos Altos, indem er die nächsten Monde mehr und mehr Krieger um sich sammelte. Die Ndé zogen ihre Familien zusammen und anstelle der kleinen Gruppen, die durch die Berge und die Sonora-Wüste wanderten, braute sich nun eine große Anzahl von Kriegern wie eine dunkle Wolke in der Zeit der Stürme zusammen. Wir hatten es immer bevorzugt, unbemerkt in kleinen Gruppen durch unsere Heimat zu ziehen, aber nun waren wir gezwungen, stets genügend kampfbereite Krieger um uns herum zu sammeln, denn die Übermacht der Feinde unter den Weißaugen und der Nakai-Yes und ihre besseren Waffen ließen uns keine Wahl.

»Cochise weiß, dass wir den Blaujacken schneller auffallen, wenn wir in großen Gruppen reiten«, sagte ich ein paar Tage später, als wir zusammen am Feuer saßen und ein Stück gebratenes Fleisch aßen, nachdem wir einem Rancher eine Kuh gestohlen hatten.

Cochise nickte.

»Geronimo hat recht. Wir können nicht mehr kleine Überfälle aus dem Hinterhalt durchführen, aber das ist auch nicht mein Plan.«

Ich runzelte fragend die Stirn, aber unser Respekt gegenüber den Älteren und Anführern gebot es mir, zu warten, bis Cochise bereit war, mir mehr zu verraten. Er war ein schlauer Anführer. Vielleicht weniger kampfbereit als ich, aber dennoch nicht weniger gefährlich. Seit dem Tod seines Bruders und seiner Neffen war er verbittert. Er war voller Zorn und ich hatte ihn bis zu jenem Tag, als sie seinen Bruder erhängten, noch nie so unbarmherzig erlebt. Wahrscheinlich gab er sich selbst die Schuld daran, denn hätte er sie damals nicht in Teniente Bascoms Lager mitgenommen, wären sie alle noch am Leben.

Nun blickte er mich an.

»Im Moment sind viele der Blaujacken in Kämpfe weit im Osten verwickelt. Ganze Siedlungen der Weißaugen sind ohne Schutz von den Forts.«

Ich nickte und beobachtete, wie ein Tropfen Fett des Fleisches zischend in die offenen Flammen fiel. Das Aroma des Essens vermischte sich mit dem Duft der Wacholderbüsche und ich zog tief die Luft ein. Es gab gute Momente, in denen sich unser Leben beinahe so anfühlte, wie es immer gewesen war.

»Geronimo, ich habe aufgehört zu denken, dass wir unsere Feinde zermürben können, wenn wir einzelne von ihnen töten.«

Ich sah die tiefen Falten im Gesicht von Cochise. Er wirkte müde, verbittert und seine Augen zeigten keine Hoffnung. Ich wusste, dass ich wie ein Spiegelbild wirken musste, denn auch ich empfand die Last des ewigen Kampfes schwer auf meinen Schultern.

»Es gibt einen Grund, warum ich so viele Krieger der Bedonkohe, der Chihenne und der Nednhi zu uns Chokonen rufe. Ich will keine Zeit mit kleinen Überfällen verlieren. Wenn wir kämpfen, werden wir nun ganze Siedlungen angreifen.«

»Hmmm, Cochise will viele Pindah-Lickoyee töten«, sagte ich, aber er schüttelte den Kopf.

»Nicht viele, Geronimo. Ich will viel mehr. Ich will die Siedlungen zerstören. Sie sollen alles verlieren. Wir brennen die Häuser nieder, nehmen ihr Vieh, wie sie es bei unseren Brüdern den Navajo gemacht haben und wir werden ihre Frauen und Kinder töten oder als Sklaven mitnehmen. Sie sollen fühlen, wie es ist, wenn man alles verliert. Und dann sollen sie unsere Heimat verlassen und nie mehr zurückkehren. Sie müssen dieses Gebiet als Jagdgründe des Todes ansehen. Nur so bleiben sie vielleicht endlich weg und lassen die Ndé in Ruhe.«

Ich blickte ihn schweigend an. Auch sein Sohn Taza auf der anderen Seite des Feuers blieb still. Wir wussten, dass Cochise immer ein Mann des Friedens gewesen war und hatten ihn noch nie so sprechen gehört. Ich verstand, dass wir von nun an kämpfen würden bis zu unserem Ende. Jedem von uns war klar, dass die Chancen für uns schlecht standen, aber wir waren das Volk der Ndé und kannten Angst und Feigheit nicht. Wir waren seit Generationen dazu erzogen worden, frei wie die Falken in der Wüste zu sein und unbarmherzig zu töten wie der Puma der Berge, wenn es um das Überleben ging.

Kapitel 2
Ein weiterer Überfall ohne Glück

Mangas Coloradas hatte seine Lust auf Raubzüge noch nicht verloren und so beschloss er, die verhassten Nakai-Yes abermals zu überfallen. Dass er mit einer Nakai-Yi verheiratet war, hielt ihn nicht davon ab. Ich ließ mir die Chance, Beute zu machen nie entgehen und so beschloss ich, mit ihm und sieben seiner besten Krieger zu reiten.

»Geronimo spürt noch immer die Lust auf Rache für den Mord an seinen beiden Frauen und den Kindern durch die

Nakai-Yes, ist es nicht so?«, fragte Dasoda-Hae, wie wir ihn nannten.

Es bedeutete so viel wie *Der, welcher ruhig dasitzt.* Der Name stand für seine ruhige, besonnene Art zu verhandeln.

Ich nickte grimmig.

»Ich habe einen Schwur getan, sie zu vernichten, wann immer ich kann bis zu dem Tag, an dem ich meinem Geisterpony begegnen werde. Geronimo hält seinen Schwur.«

Dasoda-Hae nickte und ich blickte auf die entfernt schimmernden Berge.

«Wo reiten wir hin?«

»Wir werden das Gebiet von Sonora besuchen. Nördlich davon gibt es eine neue Siedlung der Weißaugen.«

Ich runzelte die Stirn.

»Noch mehr Rancher? Das ergibt keinen Sinn, denn der Boden ist zu trocken dort.«

Mangas Coloradas schüttelte den Kopf.

»Nein, sie suchen den schnellen Reichtum. Sie graben nach dem grauen Stein, den sie Silber nennen und haben mehrere Siedlungen in der Umgebung gebaut. Unten am San Pedro Fluss waschen sie die Steine. Sie quälen Mutter Erde, genauso wie sie uns Ndé quälen. Ich hoffe, Ussen bringt großes Verderben über sie alle.«

Ich aber fragte mich in dem Moment, warum Ussen es überhaupt zuließ, dass seinen Kindern, den Ndé mehr Unglück widerfuhr als den verhassten Weißaugen. Ich wusste, dass ich Ussens Wege nicht hinterfragen und auch nicht im Zorn mit ihm sprechen durfte, aber manchmal fiel mir das schwer. Es gab Momente, in denen ich dachte, dass Ussen seine roten Kinder vergessen hatte.

Auf dem Weg nach Sonora überfielen und töteten wir zwei Vaqueros und stahlen ihre Rinder. Mangas Coloradas beschloss, das Vieh zuerst in unser Lager zurückzubringen, aber in der Nähe der Stadt Arispe begegneten wir Soldaten der Nakai-Yes. Da ihre Waffen mehr Reichweite hatten als unsere wenigen einzelnen Gewehre und Pfeile, mussten wir in einen Canyon in der Nähe fliehen und uns zwischen den Felsen verschanzen. Zu unserer Enttäuschung stellten sich die Soldaten der Nakai-Yes aber nicht dem Kampf, sondern trieben lediglich die Rinder zurück Richtung Arispe. Aber schlimmer war noch, dass sie auch unsere Pferde erbeuteten und mit ihnen davonritten.

Wir schämten uns, denn anstatt reich beladen mit Beute zurückzukehren, trotteten wir müde zu Fuß zurück zum Lager. Unsere Familien verspotteten uns, denn wir hatten keine Beute zum Verteilen und – schlimmer noch – wertvolle Pferde verloren. Keiner im Lager hatte einen Grund zu feiern oder stolz auf uns zu sein.

Spät am Abend kam einer der Krieger zu Mangas Coloradas an das Lagerfeuer.

»Wir wollen zurückgehen und es noch einmal versuchen. Wir müssen diese Schande wieder gutmachen.«

Mangas Coloradas blickte zu mir.

»Ich bin müde, Geronimo. Seit der Medizinmann der Nakai-Yes das Pesh aus meiner Brust geschnitten hat, fühle ich jede Ernte meines Lebens.«

Ich nickte. Ich wusste, dass Mangas Coloradas trotz seiner beeindruckenden Größe nicht mehr dieselbe Kraft besaß wie noch vor einigen Ernten. Sein Gesicht war von Linien durchzogen wie die Erde zwischen den Canyons. Ich teilte meinen Tobaho mit ihm.

»Mangas Coloradas soll sich ausruhen. Ich werde mit den Kriegern reiten und wir werden mit guter Beute zurückkommen.«

Es war kein Geheimnis, dass ich den großgewachsenen Häuptling der Chihenne seit meiner Jugend bewunderte. Für mich war er ein Teil meiner Familie, beinahe wie ein Vater. Ich empfand eine tiefe Freundschaft zu ihm und würde ihm immer zur Seite stehen.

»Geronimo ist einer unserer tapfersten Krieger. Ich freue mich schon auf ein Stück saftiges Fleisch von einem der Nakai-Yes-Rinder«, sagte er mit einem verschmitzten Lächeln.

Zwei Tage später brachen ein paar Krieger und ich wieder zu Fuß Richtung Sonora auf. Als Mangas Coloradas mir zum Abschied freundschaftlich auf die Schulter klopfte, konnte ich zu diesem Zeitpunkt nicht ahnen, dass nur eine

Ernte später das Volk der Ndé einen der wichtigsten Anführer verlieren würde.

Die fünf Krieger folgten mir unter meinem Kommando zurück in die Berge in der Nähe von Sonora. Diesmal überfielen wir mehrere Rancher und schlugen dabei schnell wie Schwester Schlange zu, bevor wir wieder wie ein Geist in das Lager in den Bergen verschwanden. Wir überfielen mehrere Tage kleine Farmen und Viehzüchter und erbeuteten einige Pferde, Sättel, warme Decken und Lebensmittel. Unsere Beute banden wir schließlich auf ein paar gestohlene Maultiere und ritten dann voller Stolz zurück zu unserem Stamm.

»Wir werden in der Nacht reiten, damit uns die Soldaten der Nakai-Yes nicht wieder ausfindig machen. Das Licht des Mondes ist hell genug. Am Tag verstecken wir uns in den Bergen und Canyons. Wir wissen, wo wir Wasser für uns und die Tiere finden.«

Die Krieger nickten.

»Enjuh! Der Plan von Geronimo ist schlau wie der des Kojoten.«

Nach mehreren Tagen kamen wir bei unseren Familien an. Diesmal war die Freude groß und die Frauen sangen Lieder voller Stolz über uns Krieger. Wir schlachteten eines der Rinder und brieten das Fleisch über den Kochfeuern der Frauen. Wir tranken Tizwin-Bier, sangen und tanzten die ganze Nacht. Die Schmach war vergessen und es war ein guter Tag. Beinahe so wie es immer gewesen war.

Keiner von uns konnte ahnen, welch große Tragödie sich schon bald unweit der Grenze zu New Mexico abspielen würde. Nicht einmal meine Kraft warnte mich und bis zum heutigen Tag frage ich mich, warum Ussen das größte Unrecht, das den Mimbreños, wie die Weißaugen die Chihenne nannten, je widerfahren war, überhaupt zugelassen hat. Waren wir in Ussens Augen nichts mehr wert? Bis zum heutigen Tag schmerzt mein Herz beim Gedanken daran, was ich nun berichten muss.

Kapitel 3
Zorn am Ratsfeuer

Ich band mich noch enger an Cochise und seinen Stamm, indem ich seine Nichte She-Gha zur Frau nahm. Die einzelnen Gruppen der Apachen vermischten sich immer mehr und ich verbrachte mittlerweile die meiste Zeit im Lager der Chiricahua.

Der Kampf gegen die Nakai-Yes nahm kein Ende. Einige Monde nachdem wir die Rinder in Sonora gestohlen hatten, spürten uns die mexikanischen Soldaten auf und trieben die verbliebenen Rinder abermals zurück nach Sonora. Es schien ein unendliches Spiel zu sein. Wir plünderten, sie jagten uns. Sie töteten unsere Krieger, Frauen und Kinder. Wir nahmen Rache und brachten ihre Familien um.

»Ich sehe keinen Sinn mehr in dem, was wir tun, Geronimo«, sagte Mangas Coloradas eines Tages. »Noch sind wir frei und nicht in Reservaten gefangen wie die Mescalero oder Navajo, aber wie lange noch? Wie lange halten unsere Frauen und Kinder durch? Wir sind ständig auf der Flucht. Schaffen wir Vorräte für die Zeit des Geistgesichts an, kommen die Pindah-Lickoyee oder die Soldaten der Nakai-Yes und zerstören sie. Ich bin 70 Ernten, Geronimo. Ich bin müde, meine Kräfte schwinden.«

Ich schwieg und reichte ihm meinen Tobaho-Beutel. Er stopfte die kleine, hölzerne Pfeife, die ihm ein Händler geschenkt hatte. Seine Augen blickten traurig in die knisternden Flammen des Feuers. Meine Frau She-Gha brachte uns beiden einen Becher Tizwin-Bier und für einen kurzen Augenblick huschte ein Lächeln über das Gesicht des Häuptlings.

»Erinnerst du dich, wie wir nach Janos geritten sind?«

Ich lächelte.

»Ich erinnere mich, Dasoda-Hae. Ich war noch sehr jung und eingeschüchtert von dir.«

Er lachte, doch dann wurde er ernst.

»Ich habe einen schrecklichen Fehler gemacht, den Nakai-Yes zu vertrauen. So viele wurden in jener Nacht umgebracht.«

Ich nickte.

»Wir haben sie gerächt, als wir die Männer in Arispe überfielen. Wir haben unseren Schwur, uns zu rächen, eingehalten. Sie haben es bitter bereut.«

Er schwieg einen Moment.

»Aber es hat unsere Familien nicht zurückgebracht, Geronimo. Ich frage mich, ob man die Rache für die Toten über die Sicherheit der noch lebenden Ndé stellen darf.«

Ich runzelte die Stirn und wartete. Mein Gefühl sagte mir, dass Dasoda-Hae etwas Wichtiges zu verkünden hatte. Cochise trat an das Feuer und ich blieb still. Dasoda-Hae deutete auf den freien Platz neben sich bei den wärmenden Flammen. Er behandelte Cochise wie einen Sohn und beide Häuptlinge unterstützten sich gegenseitig in jedem Kampf. Diesmal aber schien es, als ob Mangas Coloradas, wie die Nakai-Yes ihn nannten, eine Entscheidung für sich ganz allein getroffen hatte.

Cochise rollte sich eine Zigarette aus Tobaho und Blättern. Wir rauchten schweigend in alle vier Himmelsrichtungen, wie es unser Glauben verlangte. Schließlich ergriff der ältere Häuptling wieder das Wort.

»Ich will nicht mehr kämpfen, Cochise. Ich fühle meine 70 Ernten. Wir haben viele Krieger verloren und ich fürchte um die Frauen und Kinder. Wenn es den Weißaugen und Nakai-Yes gelingt, uns alle zu töten, wird in ein paar Ernten niemand mehr wissen, dass das Volk der Ndé einst hier in diesen Bergen lebte.«

Er machte eine weit ausholende Bewegung mit seinem Arm und zeigte auf die Hügel und Gipfel, die unser Lager einrahmten.

»Wir können nicht ewig fliehen. Wir sind in der Zeit des Geistgesichts. Nun gegen unsere Feinde zu ziehen, während wir gegen Hunger und Kälte ankämpfen, würde nur zu unserem Tod führen. Die Pindah-Lickoyee sind zahlreicher als die Ameisen auf dem Boden. Sie haben diese Feuerwagen und viel bessere Gewehre und können uns vernichten, wenn wir nicht auf der Hut sind.«

Cochise nickte.

»Ich höre dich, Vater meiner Frau. Sprich weiter.«

Mangas Coloradas nahm einen tiefen Zug aus seiner Pfeife. Mir schien es, als ob er seine Gedanken sammeln müsste.

»Was hat Dasoda-Hae vor?«, fragte Cochise respektvoll.

»Ich werde mich mit dem Nantan von Fort McLane treffen. Sie haben mir eine Nachricht geschickt. Der Läufer sagte, dass die Blaujacken Frieden mit Mangas Coloradas wünschen und mit mir über die Bedingungen sprechen wollen.«

Cochise runzelte die Stirn.

»Man kann ihnen nicht trauen. Erinnere dich daran, was in Pinos Altos passiert ist. Die Weißaugen sprechen nie mit gerader Zunge, genau wie die Nakai-Yes. Sie sind hinterlistig und gefährlich wie Schwester Schlange.«

Mangas Coloradas zog an seiner Pfeife und blies den Rauch nachdenklich Richtung Feuer. Ich bemerkte einen Gesichtsausdruck, den ich an ihm noch nie gesehen hatte. Es war Verzweiflung.

»Ich weiß, dass es gefährlich ist, aber wir sind in der Zeit des Geistgesichts. Wir haben nicht genug zu essen, um die kalte Jahreszeit zu überstehen. Wenn wir auf Raubzüge gehen könnten und Maultiere und Rinder stehlen, wäre es etwas anderes. Cochise weiß, dass wir umzingelt sind von Feinden und uns kaum noch aus dem Lager schleichen können. Schau dir unsere Frauen und Kinder an. Sie sind erschöpft von den vielen Nächten auf der Flucht. Sie beklagen sich nicht, aber du musst sie nur richtig anschauen und du siehst, dass sie keine Kraft mehr haben.«

Cochise nickte. Er kümmerte sich um sein Volk und als er sich umdrehte, bemerkte er, dass selbst die junge She-Gha dunkle Ringe unter den Augen hatte und unter ihrem Kleid viel zu dünn war.

Mangas Coloradas fuhr fort.

»Der Nantan dieses Forts hat mir genügend Vorräte für meinen gesamten Stamm versprochen, wenn ich Frieden mit ihnen halte. Ich muss an die Chihenne denken, Cochise.«

Ich schwieg und beobachtete den Häuptling der Chiricahua, wie dieser bedächtig nickte.

»Ich verstehe dich, Dasoda-Hae. Auch ich fürchte, dass die Tage der Freiheit gezählt sind. Ich habe aber die Schmach von Pinos Altos nicht vergessen. Man hat dich behandelt wie einen Sklaven und halb totgeschlagen zu uns zurückgeschickt wie einen Köter. Ich fürchte um deine Sicherheit.«

»Ich werde mich nicht im Fort mit den Blaujacken treffen. Du kennst die Siedlung, die man Apache Tejo nennt? Wir handeln schon seit Generationen mit den Leuten dort. Das ist der Ort, wo ich den Teniente treffen werde.«

Nun mischte ich mich doch ein.

»Auch mit den Nakai-Yes in Janos haben wir seit Generationen gehandelt und dennoch haben sie uns verraten und zugelassen, dass viele von uns wie eine Herde Schafe abgeschlachtet wurden.«

»Geronimo hat recht. Es ist zu gefährlich, dorthin zu gehen.«

Mangas Coloradas lächelte müde.

»Eines Tages begegnen wir alle unserem Geisterpony, das uns zu unserem Happy Place bringen wird. Ussen bestimmt, wann das sein wird, und wir müssen uns seinem Willen beugen. Es ist der Lauf des Flusses des Lebens. Cochise ist ein weiser Führer unseres Volkes und es erfüllt mein Herz mit Stolz und Glück zu wissen, dass meine Tochter einen der führenden Häuptlinge aller Ndé zum Gefährten hat. Du bist wie ein Sohn für mich.«

Cochise betrachtete das Gesicht des alten Häuptlings.

»Dasoda-Hae ehrt mich mit seinen Worten. Dein Sohn Mangas wird eines Tages ein genauso starker und weiser Anführer der Chihenne sein wie sein Vater.«

Mangas Coloradas lächelte, dann wandte er sich mir zu.

»Geronimo ist ein schlauer Fuchs, aber es ist unklug, sich von seinem Hass lenken zu lassen. Du musst lernen, ihn zu kontrollieren und ihn manchmal wie den bitteren Saft der Wacholderbeere hinunterzuschlucken. Nimm dir ein Beispiel an Cochise. Er hat die Ermordung seines Bruders zwar gerächt, weiß aber auch, wann er sich zum Wohle der Ndé zurückziehen muss.«

Es gefiel mir nicht, getadelt zu werden. Es war kein Geheimnis, dass ich ein Hitzkopf war, obwohl ich bereits gelernt hatte, bedachter zu handeln. Was Mangas Coloradas aber sagte, traf mich trotzdem in meinem Herzen.

»Manche Krieger misstrauen dir, Geronimo. Einige unseres Volkes sehen dich sogar als Gefahr für die Ndé und wollen nicht mit dir reiten. Denk darüber nach. Nur wenn wir uns alle einig sind und uns gegenseitig schützen, können wir überleben. Nicht als einzelner Kämpfer, sondern als Volk.«

Cochise nickte zustimmend, aber ihm war wohl auch bewusst, dass ich mich angegriffen fühlte.

»Geronimo ist ein guter Kämpfer und seine Tapferkeit entspricht der eines Häuptlings. Er spricht mit Ussen und unser Schöpfer hat ihm seine Kraft verliehen, die sehr wertvoll für uns ist. Ich hoffe sehr, dass Geronimo eines Tages als Berater an der Seite meiner Söhne Taza und Naiche die Chiricahua führt und vor Gefahr schützt, wenn ich im Land des Glücks bin.«

Ich lächelte und nickte dankbar.

»Cochise ehrt mich sehr mit seinen Worten. Ich werde immer an der Seite deiner Söhne sein.«

In diesem Moment kam She-Gha zum Feuer und füllte unsere Becher mit Tizwin. Sie unterstützte meine andere Frau Cheehashkish, die mittlerweile älter war und nicht mehr alle Arbeiten so leicht verrichten konnte. She-Gha machte mir viel Freude. Sie wärmte mich unter den Decken, kochte alles, was mir besonders schmeckte und brachte mich oft zum Lachen. Sie war eine gute Gefährtin und zeigte mir oft, dass sie stolz auf mich war. Mir war klar, dass die Verbindung zu ihr auch das Band zwischen Cochise und mir gestärkt hatte.

»Ich verstehe Mangas Coloradas. Er will sein Volk vor dem Hunger und den Feuerwagen der Blaujacken schützen. Auch ich denke darüber nach, mit den Tenientes der Blaujacken über Frieden zu sprechen. Solange ich die Bedingungen dafür bestimmen kann, ist es vielleicht eine

Möglichkeit, doch noch so zu leben, wie es unser Volk seit vielen Generationen getan hat.«

Ich schüttelte den Kopf.

»Wie kann Cochise glauben, dass es so sein würde wie früher? Nichts ist mehr so wie es war und das wird sich auch nicht ändern, solange die Weißaugen in unserem Land sind.«

Cochise runzelte die Stirn.

»Ich verstehe den Zorn von Geronimo, aber…«

Ich unterbrach ihn und missachtete die Regeln des Ratsfeuers.

»Hat Cochise vergessen, wie viele Weißaugen nun in unserer Heimat leben und wie sehr sie Mutter Erde schänden? Hat er nicht die Geschichten der anderen Völker gehört, die vollkommen ausgelöscht wurden oder in Reservaten verhungern? Was ist mit den Kindern, die nie mehr zu den Lakota, den Comanchen und anderen Stämmen zurückkehrten? Die Mescalero, die Navajo, sie alle wurden eingesperrt auf einem Stück nutzloser Erde und gehen zu Grunde wie krankes Vieh.«

Der Zorn und meine eigene Hilflosigkeit gewannen die Oberhand und ich sprang auf meine Füße.

»Cochise hat vielleicht die vielen Toten vergessen, aber ich nicht. Jedes Mal, wenn ich über die Möglichkeit nachdenke, mit diesen Lügnern über Frieden zu sprechen, sehe ich meine erschlagene Familie in ihrem Blut liegen. Ich sehe skalpierte Frauen und Kinder, die für ein paar lumpige Pesos abgeschlachtet wurden. Was immer Mangas Coloradas und Cochise vorhaben, Geronimo wird kämpfen bis zu dem Tag, an dem er seinem Geisterpony begegnet. Ich werde mich nicht hinter einem Ofen ohne Feuerholz verkriechen wie ein altes Weib und auf ein Stück schlechtes Fleisch und schimmeliges Mehl warten, was man nicht einmal einem Hund vorsetzen würde. Wir sind die Ndé, wir sind die Kinder Ussens und haben es nicht verdient, um das Leben unserer Frauen und Kinder betteln zu müssen. Lieber sterbe ich an ihrer Seite. Wenn es so sein soll, so gehe ich wenigstens als freier Mann zu unserem Happy Place.«

Ich drehte mich um und stapfte zornig davon. Ich wollte nichts mehr von Friedensgesprächen hören und war mir sicher, dass Mangas Coloradas den größten Fehler seines Lebens beging.

Unter dem Baum in Fort Still war meine Zigarette zwischen meinen Fingern vergessen. Ich bereute die wütenden Worte von damals, aber ich hatte mit gerader Zunge und aus meinem Herzen gesprochen. Was ich aber noch viel mehr bereue, ist, dass ich mit meiner dunklen Vorahnung recht behalten sollte.

Kapitel 4

Eine schwere Entscheidung

In der Zeit des Geistgesichts, in dem Mond, den die Weißaugen Januar nannten, ritt Mangas Coloradas nach New Mexico. Er sollte den Nantan Brigadier General Joseph R. West treffen. Das Treffen sollte nicht direkt im Fort stattfinden, denn nach der bitteren Erfahrung in Pinos Altos war Mangas Coloradas vorsichtiger geworden. Die Siedlung von Apache Tejo in der Nähe des Forts war schon immer ein Treffpunkt für Handel zwischen Nakai-Yes, Weißaugen und den Chihenne gewesen.

Um den Menschen keine Angst zu machen und ihnen zu zeigen, dass Mangas Coloradas in friedlicher Absicht kam und zu Verhandlungen bereit war, traf er mit nur einer Handvoll Krieger, wenigen Frauen und einer Hand Kinder in dem Gebiet ein. In Apache Tejo sollten auch die Gespräche stattfinden.

Ich hielt es nach wie vor für Selbstmord, aber ich war ein loyaler Krieger und so ritt ich an seiner Seite in das Territorium, das die Weißaugen nun New Mexico nannten.

Mangas Coloradas hatte sich bislang nicht zu meinem Wutausbruch geäußert. Am Abend vor dem Treffen tat er es dann doch. Er war sehr ernst und wirkte in sich gekehrt.

»Es tut mir leid, wenn ich Dasoda-Hae in seiner Ehre verletzt habe«, fing ich an, aber er schüttelte den Kopf.

»Das hat Geronimo nicht. Du hast das Herz eines Kämpfers, eines ungezähmten Kriegers und ich bin stolz, dich an meiner Seite zu wissen. Du hast recht gehabt mit allem, was du gesagt hast. Leider müssen Cochise und ich an unsere Familien und unser Volk denken. Genau wie du vertraue ich den Blaujacken nicht, aber ich befürchte, wir haben nur noch diesen Pfad, um unser Überleben zu sichern.«

Ich schüttelte den Kopf.

»Du weißt, dass ich den Kampf und Tod nicht fürchte, aber mit nur beiden Händen an Kriegern in eine Siedlung voller Blaujacken zu reiten, bedeutet den Tod.«

Er nickte.

»Höre mich, Geronimo. Ich will, dass du mit den anderen Kriegern morgen hier im Lager bleibst. Wenn ich beim zweiten Sonnenuntergang nicht zurück bin, sollst du meine Chihenne-Krieger so schnell wie möglich zu Cochise führen.«

Ich sprang entsetzt auf.

»Das kann Dasoda-Hae nicht von mir verlangen. Ich werde nicht von deiner Seite weichen, denn Geronimo fürchtet den Tod nicht.«

Er hob beschwichtigend die Hände.

»Das weiß ich und deshalb vertraue ich dir meine Krieger an. Mein Sohn ist noch zu jung und unerfahren. Falls ich morgen in das Land des Glücks gehe, sollst du der neue Anführer der Chihenne sein. Mangas ist mein Sohn, aber auch du, Geronimo, hast einen Platz in meinem Herzen wie ein Sohn.«

Ich war sprachlos und Trauer erfüllte mein Herz, denn ich befürchtete, dass Dasoda-Hae seinem Geisterpony begegnen würde, wenn wir ihn nicht beschützen konnten.

Er fuhr unbeirrt fort.

»Ich bin 70 Ernten alt, Geronimo. Die Zukunft der Ndé ist wichtiger. Du musst sie beschützen. Ich werde ein Stück weißen Stoffs an meine Lanze binden. Die Blaujacken werden dann verstehen, dass ich in Frieden komme und zu Verhandlungen bereit bin.«

Der Sekundo von Mangas Coloradas, der auf der anderen Seite des Feuers saß, runzelte die Stirn.

»Dieses weiße Tuch, haben wir es vor vielen Monden in Arispe akzeptiert, als wir Rache nahmen für die Schmach von Pinos Altos? Die Nakai-Yes, die ein weißes Tuch dabeihatten, um mit uns zu reden, haben wir sie nicht dennoch getötet?«

Ich nickte.

»Dein Sekundo hat recht.«

Dasoda-Hae lächelte und klopfte mir auf die Schultern.

»Die Blaujacken haben andere Regeln im Krieg. Sie haben uns zu diesem Gespräch eingeladen. Es wird keine Kampfhandlungen geben. Wir haben Apache Tejo noch nie überfallen. Die Leute hier fürchten uns nicht.«

Es war also entschieden. Mangas Coloradas ließ sich von seiner Idee, allein zu dem Nantan der Blaujacken zu reiten, nicht abbringen.

Heute, um so viele Ernten älter, frage ich mich, ob er etwas von dem furchtbaren Verrat geahnt hatte und seine Ndé, die er so viele Ernten weise geführt hatte, einfach nur beschützen wollte. Ich mache mir bis zum heutigen Tag Vorwürfe und frage mich noch immer, ob ich das, was dann geschah, hätte verhindern können. Natürlich weiß ich, dass ich mich dem Wort von Mangas Coloradas, Cochise oder auch dem der anderen Häuptlinge beugen musste. Ich war kein Häuptling. Ein Anführer, ja, ein Schamane dank meiner Gabe, mit Ussen sprechen und seine Stimme hören zu können. Zwar war ich ein gefürchteter Krieger, aber ich musste die Entscheidung eines Häuptlings respektieren. Es war das Gesetz der Ndé, aber mehr noch war es Ussens Gesetz.

Ich betete zu Ussen, als die ersten Sonnenstrahlen die Hügel östlich unseres Lagers berührten. Ich suchte nach Antworten und bat verzweifelt darum, dass mir meine Kraft zeigen würde, dass Dasoda-Hae sicher mit den Vorräten zurückkehren würde, aber meine Kraft schwieg. Ich ging zurück an das kleine Kochfeuer von Dasoda-Haes Frau und nahm etwas Pemmikan und Café entgegen. Auch sie sah besorgt aus. Ich aß kaum etwas, denn meine Eingeweide fühlten sich an, als ob ein schwerer Stein auf ihnen liegen würde.

Ich beobachtete, wie Mangas Coloradas sich mit einer Umarmung von seiner Frau und seinem Sohn Mangas verabschiedete und mir dann kurz zunickte. Es brauchte keine Worte. Er hatte mir gestern sein Volk anvertraut. Eine größere Ehre gab es nicht. Er vertraute mir. Weitere Worte hätten nichts verändert.

Er stieg auf sein Pferd und sein Sekundo reichte ihm seine Lanze. An ihr flatterte das weiße Tuch in der Morgenbrise. Das Knattern des schweren Stoffes klang für mich beinahe wie Schüsse. Ich schüttelte meinen Kopf. Meine Ohren spielten mir wohl einen Streich. Als er aus dem Lager ritt, war mir schwer ums Herz, denn ich konnte die Angst, dass ich ihn vielleicht zum letzten Mal sah, nicht abschütteln. Es fiel mir schwer, nicht auf mein Pferd zu steigen und ihm nachzureiten.

Der Befehl des General West: Es war der 18. Januar 1863. Kavallerie-Unteroffizier Henry Taylor hatte seine Waffen gereinigt und geladen, falls es zu Kampfhandlungen kommen würde. Genau wie die anderen Kameraden war er davon überzeugt, dass Mangas Coloradas mit einer Hundertschaft an gefährlichen Kriegern hier auftauchen würde, falls er überhaupt kommen würde. Joseph R. West war als ehrgeiziger General verschrien und bekannt dafür, dass er gut mit dem Vorschlag der Regierung leben konnte, die

Apachen, wenn möglich vollkommen auszulöschen. Dementsprechend erwartete Taylor harte Verhandlungen. Er hoffte, dass diese nicht eskalieren würden. Er behielt seine Meinung für sich, aber er empfand oft Mitleid mit den Apachen. Er selbst wusste, was es bedeutete, aus der Heimat vertrieben zu werden, denn auch Taylor hatte ein ähnliches Schicksal erlebt.

Als er den einzelnen Reiter erblickte, traute er seinen Augen kaum. Er kannte nur einen Apachen, der über zwei Meter groß war, und offensichtlich war der Reiter kein Geringerer als Mangas Coloradas selbst. Er ritt langsam auf ihr Lager zu und hielt dabei seine Lanze mit einem weißen Tuch daran gut sichtbar in der rechten Hand. Das Tuch flatterte heftig in der Morgenbrise und verursachte dabei ein knatterndes Geräusch. Nervös griff Taylor zu seinem Gewehr und wartete gespannt auf das Auftauchen weiterer Krieger. Verwirrung zeigte sich auf seinem Gesicht, als er bemerkte, dass der Häuptling der Chihenne offensichtlich allein war.

»Oh mein Gott, ist er verrückt geworden?«

Nervös leckte er sich über die Lippen und beobachtete General West, der den Reiter ebenfalls entdeckt hatte. Taylor wusste nicht, wie er den kalten Ausdruck in den Augen seines Vorgesetzten zu deuten hatte, aber er vermutete, dass es kein gutes Zeichen war. Er beugte sich den Befehlen des Generals, hatte West aber noch nie gemocht. Er schätzte ihn als egoistisch und grausam ein und sein Führungsstil wurde in der Truppe öfter hinterfragt. Leider hatte niemand den Mut, sich gegen ihn zu stellen.

Mangas Coloradas stoppte sein Pferd wenige Meter vor General West.

»Nish´ii´, ich sehe dich, Nantan West. Ich bin Mangas Coloradas, Häuptling der Chihenne und ich bin gekommen, um mit dir über den Frieden zu sprechen, genauso wie du es wolltest.«

West kniff misstrauisch die Augen zusammen und betrachtete den Apachen, der noch immer auf seinem Pferd saß.

Taylor gefiel die Situation nicht.

»Er beobachtet ihn wie eine Schlange, als ob er bereit wäre zuzuschlagen«, flüsterte er vor sich hin.

Der Apache hielt die weiße Flagge nach wie vor aufrecht und wirkte nicht feindlich gestimmt. Etwas, was man von General West eher nicht behaupten konnte, wenn man seinen verschlagenen Gesichtsausdruck betrachtete.

»Wo sind die anderen Krieger, Häuptling?«, fragte Taylors Vorgesetzter in barschem Ton.

Der Apache runzelte die Stirn.

»Ich bin allein gekommen. Es ist wichtig, dass West und seine Blaujacken nicht das Gefühl haben, dass wir Chihenne den Kampf wünschen. Ich hoffe, das zeigt dir, dass ich mit guter Absicht in dein Lager geritten bin, Nantan West.«

Der General schwieg einen Moment und beobachtete weiter das Gebiet, aus dem Mangas Coloradas zu ihnen geritten gekommen war. Noch traute er ihm nicht, doch einige Minuten später schien er offensichtlich davon überzeugt, dass der Häuptling sich tatsächlich ohne Begleitung in sein Lager getraut hatte. Er deutete auf das Zelt in der Nähe und nickte Mangas Coloradas zu, er solle ihm folgen.

Als sich West umdrehte und an Taylor vorbeiging, erschrak dieser über das Grinsen und den glitzernden, hasserfüllten Blick in den Augen des Offiziers. Die Männer in der Kompanie wussten, wie sehr West die Apachen hasste und nicht nur die, sondern alle Indianer. Seiner Meinung nach hatten sie keine Daseinsberechtigung in dieser Welt.

Taylor jedoch hatte eine andere Einstellung, die er aber für sich behielt. Würde durchsickern, dass er Mitleid mit den Apachen empfand, wäre er vermutlich als Verräter vor ein Gericht gestellt worden. So schwieg er und trat einen Schritt zurück, um für General West und Mangas Coloradas den Weg zum Zelt des Generals freizumachen. Es würde nicht einmal 24 Stunden dauern, dass er sich wünschen würde, er hätte beherzter gehandelt.

Mangas Coloradas stieg vom Pferd und überreichte Taylor die Zügel mit einem verschmitzten Lächeln. Sein freundlicher Gesichtsausdruck würde Taylor noch Jahre verfolgen. Kaum war Mangas Coloradas beim Zelt angekommen, winkte General West zwei Soldaten heran und gab ihnen den Befehl, den großgewachsenen Häuptling gefangen zu nehmen und zu fesseln. Mangas Coloradas protestierte gegen die Behandlung.

»West, ich bin zu dir gekommen ohne Krieger, ohne Waffen. Die Blaujacken kennen das Zeichen einer weißen Flagge. Warum werde ich gefangen genommen?«

West blieb vor dem Anführer der Chihenne stehen und seine Stimme klang wie ein gehässiges Knurren.

»Glaubst du allen Ernstes, dass dir ein Fetzen weißer Stoff hilft, dem Kriegsgericht zu entkommen? Die Apachen sind Mörder und haben keine Gnade verdient. Du bist selbst schuld, dass du allein zu uns gekommen bist. Jetzt bist du unser Gefangener.«

Mangas Coloradas blickte West voller Zorn ins Gesicht.

»Geronimo hatte recht. Die Blaujacken sprechen nie mit gerader Zunge.«

West lachte, aber das Lachen erreichte seine kalten Augen nicht.

»Auch diesen Hund werden wir noch erwischen und dann gnade ihm Gott. Ich werde ihn eigenhändig in die Hölle schicken.«

Er winkte den beiden Soldaten zu.

»Überprüft die Fesseln. Der Gefangene wird dort hinten in der Nähe des Lagerfeuers bleiben, bis wir morgen zurück zum Fort reiten. Und schickt dann Captain Sturgeon und John T. Wright zu mir.«

Die Soldaten führten den wütenden Mangas Coloradas zum Lagerfeuer und als dieser sich weigerte, auf dem Boden zu sitzen, schlugen sie ihm mit einem Gewehrkolben in die Kniekehle. Er sank stöhnend zu Boden und blieb mit den Händen auf dem Rücken gefesselt auf der Seite liegen.

Taylor stand in der Nähe des Zeltes, in das die beiden Unteroffiziere verschwunden waren. Ihm war nicht wohl bei der Entwicklung und so blieb er heimlich hinter dem Zelt stehen. Drinnen sprach West leise auf die beiden Soldaten ein, aber Taylor verstand genug.

»Dieser Gefangene hat mit seiner Mörderbande eine Blutspur von 500 Meilen entlang der Grenze gezogen. Seit vielen Jahren terrorisiert er und die anderen Rothäute dieses Territorium.«

»Er scheint sich ergeben zu wollen«, meinte Captain Sturgeon. »Schließlich ist er allein gekommen.«

Nun mischte sich auch John Wright ein.

»Er scheint es ernst zu meinen, denn er ist unbewaffnet und hatte die Parlamentärflagge dabei.«

West erhob seine Stimme und Taylor lief ein Schauer über den Rücken.

»Das ist mir völlig egal. Diese Mörder müssen vernichtet werden oder wir werden niemals Ruhe haben in diesem Gebiet. Denken Sie denn, er würde Gnade zeigen, wenn wir in seiner Situation wären? Mit Sicherheit nicht! Dieser Mann ist einer der schlimmsten Mörder und ich will, dass er beim Morgengrauen tot ist, verstehen Sie mich?«

Eisiges Schweigen folgte.

»Ich habe gefragt, ob Sie mich verstehen, Soldaten? Das war ein Befehl! Lassen Sie es wie einen Fluchtversuch aussehen und denken Sie dabei an all die Weißen, die dieses Scheusal auf dem Gewissen hat. Gehen Sie nun. Sie wissen, was Sie zu tun haben.«

Die beiden salutierten und verließen das Zelt des Generals.

Taylor war am Boden zerstört. Das Schicksal von Mangas Coloradas war besiegelt.

Tage später würde er bei einer offiziellen Befragung durch den Kommandanten des Forts Folgendes aussagen:

»Als es dunkel wurde, übernahmen die beiden Unteroffiziere die Bewachung des Gefangenen, der schweigend neben dem Feuer auf dem Boden lag. Mir fiel auf, dass der gefangene Apachenhäuptling in eine Decke gehüllt war, aber plötzlich anfing, seine Beine auf seltsame Art und Weise in die Luft zu treten. Zuerst habe ich mir nichts dabei gedacht, aber ich hörte, wie Mangas Coloradas die beiden Wachen auf Spanisch übel beschimpfte. Sturgeon und Wright liefen immer wieder zum Feuer rüber und als ich näher herantrat, sah ich, dass sie ihre Bajonette in der Glut erhitzten. Als sie sich wieder dem Gefangenen zuwandten, war ich entsetzt, denn sie verletzten ihn mit den heißen Klingen und verbrannten ihm die Füße. Er hat nicht einmal um Gnade gebettelt oder vor Schmerz aufgeschrien. Noch nie hatte ich einen Mann gesehen, der so große Schmerzen auf so tapfere Art und Weise ertrug. In diesem Moment wurde mir bewusst, dass wir den Kampf gegen die außergewöhnlichsten Krieger suchten, denen ich je begegnet war.«

Was Taylor dann weiter bei der späteren Befragung im Fort beschrieb, sorgte für betretenes Schweigen im Quartier des Kommandeurs.

»Wie kam es zum Fluchtversuch, Soldat? Denken Sie daran, Sie stehen unter Eid und Ihre Aussage belastet General West unter Umständen schwer.«

Taylor nickte. Er machte sich Vorwürfe und würde diesmal nicht schweigen. In seinen Augen hatte General West seine Machtposition schändlich missbraucht.

»Mangas Coloradas hat versucht, den glühenden Bajonetten zu entkommen, Sir. Er war noch immer gefesselt und wollte sich aufsetzen. Daraufhin hat Captain Sturgeon gesagt, dass der Häuptling wohl versuchen würde zu fliehen. Er und Wright zogen beide ihre Pistolen und schossen ohne Vorwarnung gleichzeitig auf die Brust von Mangas Coloradas.«

Der Kommandeur studierte das Gesicht des blassen Offiziers.

»Hat Mangas Coloradas denn tatsächlich versucht zu fliehen?«

Taylor schüttelte den Kopf und blickte seinen Vorgesetzten ernst an.

»Nein, Sir. Er war gefesselt und konnte gerade einmal den Oberkörper aufrichten. Die Fesseln hatten sich nicht gelockert. Er wäre niemals entkommen. Das war offensichtlich.«

Der Kommandeur kratzte sich am Kinn.

»Hat Mangas Coloradas nach diesen Schüssen noch gelebt?«

Taylor sah betreten zu Boden.

»Sein Körper bewegte sich noch schwach. Daher schossen sie beide noch mehrere Male auf den Oberkörper unseres

Gefangenen, Sir. Sie hörten erst auf, als beide Revolver leer waren.«

»Das muss doch die anderen in Ihrem Lager aufgeschreckt haben. Gibt es weitere Zeugen?«

Taylor schüttelte den Kopf.

»Nein, Sir. Niemand hat eingegriffen, niemand aus der Kompanie ließ sich blicken.«

Der Kommandeur stand auf und blickte mit verschränkten Händen hinter seinem Rücken aus dem Fenster.

»Was geschah dann?«

»Sie ließen ihn bis zum Morgengrauen liegen, Sir. Und dann…«

Taylor wurde noch blasser, als sich die schrecklichen Bilder aufzwangen. Im Raum herrschte Schweigen.

»Captain Sturgeon war von Anfang an von der ungewöhnlichen Größe von Mangas Coloradas fasziniert. Er erzählte Wright, dass ein Freund von ihm eine Naturalienausstellung an der Ostküste betrieb und Mangas Coloradas mit Sicherheit ein interessantes Exponat sein würde.«

Der Kommandant wirbelte herum.

»Ein Exponat? Was zum Henker meinen Sie damit?«

Taylors Lippen zitterten und seine Stimme war kaum mehr als ein Flüstern.

»John Wright hat den Mann skalpiert, Sir, aber schlimmer noch war Captain Sturgeon. Er…«

Seine Stimme brach.

»Reden Sie, Soldat!«, befahl ihm sein Vorgesetzter.

Er selbst hatte Grausames auf dem Schlachtfeld gesehen und wusste, dass so mancher Mensch im Kampf zu einem Tier wurde.

»Er hat ihm den Kopf abgeschnitten, Sir. Dann hat er diesen in einen Topf mit heißem Wasser geworfen und ausgekocht, bis nur noch der blanke Schädel übrig war. Das Fleisch des Gesichts… Sie haben es gelöst, wie man es bei einem gekochten Schwein tun würde. Stück für Stück haben sie sein Gesicht abgeschält wie bei einer Kartoffel.«

Taylors Stimme verstummte.

»Gütiger Himmel, wo ist die Leiche jetzt?«

Taylor sah aus, als ob er sich jeden Moment übergeben würde. Das Grauen, das er gesehen hatte, spiegelte sich in seinen weit aufgerissenen Augen wider.

»Sie haben ihn in einem Graben verscharrt wie einen toten Hund, Sir.«

Der Colonel des Forts setzte sich mit einem Seufzer hinter seinen Schreibtisch.

»Ich danke Ihnen, Taylor. Es geschehen grausame Dinge im Krieg. Aber vergessen Sie bitte nicht, dass die Apachen viele unserer Kameraden und auch Frauen und Kinder auf dem Gewissen haben. Seien Sie vorsichtig. Sie wissen: Man liebt den Verrat, aber nie den Verräter. Vielleicht lassen Sie sich in ein anderes Fort versetzen.«

Taylor aber blieb stehen.

»Sie dürfen sich jetzt zurückziehen, Soldat. Nehmen Sie sich den Rest des Tages frei.«

Doch Taylor zögerte noch einen Moment.

»Sir, ich hätte noch eine Bitte.«

Der Kommandeur nickte.

»Ich möchte den Dienst quittieren, Sir. Ich kehre zurück auf die Farm meiner Eltern. Sie haben recht, es geschehen grausame Dinge im Krieg, aber ich will nicht mehr Teil davon sein.«

Ein Blick in Henry Taylors Gesicht zeigte, dass sein Entschluss feststand. Sein Vorgesetzter nickte.

»Lassen Sie sich den restlichen Sold auszahlen. Möge Gott Sie schützen. Sie waren ein guter Soldat.«

Taylor salutierte das letzte Mal und verließ das Hauptquartier, ohne zurückzuschauen. Er konnte es kaum erwarten, die Uniform loszuwerden, auf die er einst so stolz gewesen war. Nun fühlte sie sich an, als ob sie seine Haut verätzen würde.

Kapitel 6
Der Tod kommt zu uns

Wir ahnten von all dem, was in jener Nacht geschah, nichts, aber eine große Unruhe hielt mich vom Schlafen ab. Dasoda-Hae war am Abend nicht ins Lager zurückgekehrt. Er hatte uns aufgetragen, bis zum nächsten Abend hier zu warten und dann schnellstens zu Cochise zu reiten, falls er nicht zurückkommen würde. Das Gefühl in meiner Brust machte mir das Atmen schwer. Was, wenn sie ihn als Gefangenen zum Fort bringen würden? Es würde schwer sein, ihn hinter den hohen Holzzäunen zu befreien. Ich machte mir große Sorgen und mein Bauchgefühl sagte mir, dass bei den Verhandlungen vielleicht etwas schlecht gelaufen war.

Die paar Krieger in unserem Lager waren genauso angespannt wie ich. Keiner von uns wusste, was geschehen würde. Ich hatte den Blaujacken nie getraut. Was, wenn der Wunsch, Rat zu halten und über Frieden zu sprechen, eine Falle gewesen war?

Gegen Morgen fiel ich in einen unruhigen Schlaf. Plötzlich aber war ich hellwach, denn das Trappeln von Hufen hatte mich aufgeschreckt. Es waren zu viele Pferde. Das konnte nicht Mangas Coloradas sein, selbst wenn er Maultiere mit den versprochenen Vorräten bei sich führen würde.

»Krieger, die Blaujacken kommen. Rasch, weckt die anderen, wir müssen fliehen.«

Doch es war zu spät. Eine Truppe Blaujacken ritt in das Lager, angeführt von einem Capitano, den die anderen Sturgeon nannten. Hinter ihm am Rande des Lagers saß ein Nantan auf seinem Fuchswallach und brüllte Befehle.

»Macht sie alle nieder. Wir nehmen keine Gefangenen.«

»Flieht!«, rief ich den anderen zu.

Dann war da nur noch das Donnern von Schüssen und das entsetzte Schreien der Frauen und Kinder. Die Krieger um mich herum fielen im Kugelhagel wie gefällte Bäume. Einigen wenigen von uns gelang die Flucht in die Berge in der Nähe. Die meisten der Chihenne-Krieger aber lagen tot im Staub in der Nähe von Apache Tejo, der Stadt, die viele Generationen mit uns Ndé gehandelt hatte.

Mir war klar, dass Mangas Coloradas tot war. Die Blaujacken hatten keine Gnade gezeigt. Ihnen war nicht nach Frieden. Sie wollten uns zerstören. Die meisten der Chihenne, die Mangas Coloradas hierher begleitet hatten, fanden an diesem Morgen den Tod. Nur eine Handvoll von Dasoda-Haes Leuten entkam.

Ich fühlte mich schrecklich, denn es war mir nicht gelungen, sie zu schützen, obwohl mir ihre Sicherheit von Mangas Coloradas selbst anvertraut worden war.

Einer der Händler aus Apache Tejo war ein Freund, der immer mit gerader Zunge gesprochen hatte. Er ritt zwei Tage später in unser Lager.

»Hast du die Blaujacken hierhergelockt? Bist du auch einer der Verräter?«, wollte ich wissen und hielt ihm mein Messer an die Kehle.

Mein Hass gegen die Weißaugen kannte keine Grenzen mehr. Er aber blieb ruhig stehen und zeigte keine Furcht.

»Geronimo irrt sich. Du weißt, dass ich Mangas Coloradas und die Ndé respektiere. Meine Frau ist eine Chiricahua. Ich bin gekommen, um euch von Dasoda-Hae zu berichten.«

Ich zögerte einen Moment, aber dann bat ich ihn zu uns an das kleine Feuer. Wir waren nur noch eine Hand Krieger und zwei Frauen. Das Lager war von Trauer erfüllt. Der Händler, den wir Tomaso nannten, gab mir etwas Tobaho.

»Lass uns rauchen, damit keine Lügen zwischen uns stehen.«

Ich rollte eine Zigarette mit den Blättern eines Baumes, der in der Nähe stand und uns Schatten bot.

»Was weißt du von Dasoda-Hae? Ist er gefangen genommen?«

Obwohl ich es besser wusste, blieb doch ein wenig Hoffnung.

Tomaso schüttelte den Kopf. Er starrte in das Feuer und Tränen traten in seine Augen. Da wusste ich, dass er sehr schlechte Nachrichten zu uns brachte.

Die nächste Handbreit erzählte er mir, was mit Mangas Coloradas passiert war.

Ich hatte keine Worte. Ich starrte ihn nur an und konnte nicht glauben, was er berichtete.

»Du sagst, sie haben seinen Kopf abgeschnitten und mitgenommen? Sie haben ihn gekocht wie ein Stück Pferdefleisch?«

Tomaso nickte.

»Sie haben auch all die Krieger, Frauen und Kinder in eurem Lager in der Nähe von Apache Tejo skalpiert und die Geschirre der Pferde mit den Skalps geschmückt. Diese Männer haben sich verhalten wie wilde Tiere. Dann haben sie ihre Taten gefeiert, als ob sie Helden wären. Sie kennen keine Ehre. Es tut mir leid, Geronimo. Ich wünschte, ich hätte etwas dagegen tun können.«

»Er kann nicht zu seinem Happy Place gehen.«

Der Händler runzelte die Stirn.

»Was meint Geronimo damit?«

»Er kann ohne seinen Kopf nicht in das Land des Glücks gehen. Einer der größten Häuptlinge, der jemals die Ndé angeführt hat, darf nicht ohne Kopf in das Land seiner Vorfahren. Er kann seine Familie, seine Eltern und all die anderen, die vor ihm dem Geisterpony begegnet sind, nicht wiedersehen. Sein Körper muss dafür bei seinem Kopf sein, verstehst du?«

Der Händler starrte mich entsetzt an. Er verstand unseren Glauben. Er sprach unsere Sprache und wusste, dass dies das größte Unrecht war, das jemals einem Häuptling der Ndé widerfahren war. Meine Augen füllten sich mit dem salzigen Wasser.

»Das, was uns zu so tapferen Kriegern macht, ist das Wissen, dass wir den Tod nicht zu fürchten brauchen, denn wir werden dann bei denen sein, die wir lieben, und das Leben wird an unserem Happy Place wieder so sein, wie es war, bevor die Weißaugen in unser Land kamen. Weißt du, was das für den Geist von Mangas Coloradas bedeutet? Er wird umherirren und niemals in das Land der Vorfahren kommen. Ewige Dunkelheit wird seinen Geist umgeben.«

Ich schüttelte den Kopf. Die Handvoll Chihenne, die sich retten konnten, starrten den weißen Händler entsetzt an. Die Trauer der Ndé, die um das Feuer saßen, legte sich wie eine dunkle Decke um mich und ich fühlte mich schuldig.

»Der Häuptling der Chihenne war 70 Ernten alt, Tomaso. Er kam ohne Krieger und ohne Waffen in ihr Lager und hatte das weiße Tuch an seine Lanze gebunden. Er sagte mir, dass niemand ihn angreifen würde, wenn er den Blaujacken das weiße Stück Stoff zeigen würde. Bedeuten die Regeln der Blaujacken nichts oder gelten sie nur für die Weißaugen? Sind wir nicht auch Menschen? Stattdessen werden wir noch schlechter behandelt als ihr Vieh. Dasoda-Hae war gefesselt und wehrlos gewesen. Wenn sie ihm wenigstens die Chance gegeben hätten, ehrenhaft im Kampf zu sterben, wie ein Krieger es sich wünscht.«

Tomaso nickte und starrte in das Feuer. Auch er konnte nicht glauben, was geschehen war.

»Du musst es Cochise und seiner Frau sagen.«

Ich nickte.

»Ich danke dir, dass du hierhergekommen bist und mir gesagt hast, was dem, dessen Namen wir nun nicht mehr aussprechen dürfen, geschehen ist. Sein Geist wird in ewiger Nacht gefangen sein. Mein Herz ist mit großer Trauer erfüllt. Ich war stolz, an seiner Seite zu reiten. Er hat mich zu dem Krieger gemacht, der ich heute bin. Es wird schwer sein, diese Nachricht in die Lager der Ndé zu bringen.«

Tomaso stand auf und ging zu seinem Pferd.

»Was wirst du jetzt tun, Geronimo?«

Ich blickte ihm in die Augen.

»Das, was ich schon lange tue. Ich werde kämpfen und töten. Ich werde keine Gnade kennen, Tomaso, denn diese Feiglinge haben sie nicht verdient. Sie sprechen nicht mit gerader Zunge. Sie versprachen Frieden und haben uns den Tod gebracht. Nun wird auch Geronimo ihnen den Tod bringen. Sie sollen keine Nacht mehr schlafen, ohne zu fürchten, dass sie die nächste Sonne nicht mehr sehen. Du aber bist ein Freund der Ndé. Ich wünsche dir Ussens Schutz. Nkáh, wir werden jetzt gehen.«

Tomaso nickte und klopfte mir auf die Schulter.

»Ich schäme mich für meine helle Haut, mein Freund. Mein Volk ist schlimmer als ein Rudel hungriger Wölfe geworden.«

Er schaute beschämt zu Boden, doch dann suchte er meinen Blick und flüsterte: »Der Nantan, der den Befehl zu dem Mord gab, wird Joseph West genannt. Ich hoffe, du wirst ihn eines Tages finden und töten. Er hat den Tod verdient. Möge Ussen dich und dein Volk schützen, Geronimo.«

Kapitel 7

Cochises letzte Schlacht gegen die Blaujacken

Als ich mit der Nachricht vom Tod Mangas Coloradas in Cochises Lager ritt, war die Trauer groß. Als ich aber berichtete, wie grausam der wehrlose Häuptling umgebracht und sein Körper verstümmelt worden war, so dass er nicht zu unserem Ort des Glücks gehen konnte, ging ein Aufschrei der Wut durch das Volk der Ndé. Cochise war bestürzt. Seine Frau, die ja die Tochter von Dasoda-Hae war, schnitt sich vor Trauer die Haare ab. Sie wusste, dass sie ihren Vater nie im Land der Vorfahren wiederfinden würde. Mit einem Messer, das ihrem Vater gehört hatte, schnitt sie sich tiefe Wunden in die Arme und nahm tagelang nichts zu sich. Viele Frauen im Lager taten es ihr gleich.

Die Weißaugen bezeichneten die Art, wie wir Ndé trauerten, als bestialisch, aber wir versuchten alles, um unsere alten Bräuche aufrecht zu erhalten. Je größer der Verlust, desto größer war die Trauer in meinem Volk.

Cochise sorgte sich um seine Frau, aber er wusste nicht, wie er ihren Schmerz lindern konnte. Er hatte den gleichen Verlust mit seinem Vater erlebt und wusste, wie tief die Wunde war, die für immer in ihrem Herzen sein würde.

Wir konnten den feigen Mord am Häuptling der Chihenne nicht ungesühnt lassen. Das Gesetz der Ndé gebot es uns, für ihn Rache zu nehmen.

Cochise war unser einflussreichster Häuptling. Der Tote war ein Mitglied von Cochises Familie gewesen. Er würde eine Entscheidung treffen müssen, ob wir gegen die Blaujacken von Apache Tejo reiten würden, obwohl das Risiko einer Niederlage groß war.

»Was hat Cochise entschieden?«, fragte ich ein paar Tage später, als wir mit seinen Söhnen Taza und dem jüngeren Naiche sowie seinem Sekundo Rat hielten.

»Will Cochise immer noch für einen Friedensvertrag zu den Blaujacken reiten?«

Cochises Gesicht wirkte eingefallen und ich sah die dunklen Ringe unter seinen Augen.

Auch mein Herz war erfüllt von Trauer. Ich fühlte mich schuldig, dass ich den Häuptling der Chihenne allein in das Lager von Nantan West reiten ließ und es nicht geschafft hatte, seine Krieger in Sicherheit zu bringen, wie er es mir aufgetragen hatte. Mein schlechtes Gewissen lastete schwer auf mir, obwohl mir niemand im Lager Vorwürfe machte. Das machte keinen Unterschied für mich. Meine Scham war so groß, dass ich nicht einmal mein Gesicht im Wasser der Quellen betrachten wollte, wenn ich mich wusch.

Wir sprachen den Namen unseres ermordeten Anführers nicht mehr aus. Da er nicht in das Land der Vorfahren weiterziehen konnte, fürchteten einige von uns, dass sein Geist uns verfolgen könnte, wenn wir den Namen aussprechen würden. Viele von uns sahen ihn in ihren Träumen.

Ich war sicher, dass er auf der Suche nach dem Ort des Glücks durch die Dunkelheit der Welt irrte. Es war das einzige Schicksal, das die Ndé wirklich fürchteten. Es erfüllte uns mit Verzweiflung, dass ausgerechnet dieser große Anführer für alle Zeit in der Geisterwelt gefangen sein würde. Auch an unserem Happy Place würden wir die Häuptlinge in unserer Gemeinschaft brauchen und es war ein großer Verlust für alle, dass der, dessen Namen wir nicht mehr nennen durften, nie mehr die Ndé in der besseren Welt führen würde.

Cochise runzelte die Stirn.

»Nach dem, was passiert ist, kann ich nicht zu den Blaujacken reiten. Ich kann ihnen nicht mehr glauben. Ich schäme mich, denn Geronimo hat in jener Nacht am Ratsfeuer mit Weisheit gesprochen und ich hätte den Häuptling der Chihenne von seinem Plan abbringen müssen. Sein Tod ist ein großer Verlust. Geronimo hatte die ganze Zeit recht. Alles, was die Weißaugen verdienen, ist der Tod.«

Ich nickte und zog an meiner Zigarette.

»Auch wenn ich die Chihenne nun anführe, so brauche ich trotzdem die Unterstützung von Cochise. Nicht alle Ndé sind damit einverstanden und einige der Krieger vertrauen mir nicht. Cochise weiß, dass ich ein Mann des Kampfes bin. Ich wähle meine Worte aber nicht so geschickt, wie der Vater deiner Frau es getan hat. Ich bin nicht gut im Verhandeln. Ich verstehe, dass man manchmal besser erst Worte wählen sollte, statt zu den Waffen zu greifen. Im Moment ist sein Sohn Mangas noch zu jung, aber ich weiß, dass ich die Chihenne nur so lange führen kann, bis er erfahren genug ist. Mangas hat das Recht, der Häuptling zu sein. Ich aber nicht. Ich kann nur das tun, um was mich der große Häuptling der Chihenne in jener Nacht gebeten hat.«

Cochise nickte.

»Geronimo spricht weise. Er hat seinen Zorn und Ehrgeiz besser im Griff und wird die Chihenne gut beschützen. Du musst versuchen, das Vertrauen der Krieger zu gewinnen. Im Moment sind sie verunsichert und ihre Herzen sind schwer. Es muss für sie sein, als ob sie ihren Vater verloren haben. Sei ihnen ein Freund und ein Vater, Geronimo. Respektiere ihre Worte und triff keine Entscheidungen, ohne auf die erfahrenen Krieger zu hören. Du bist nicht mehr nur für dich verantwortlich. Der, dessen Namen wir nicht mehr aussprechen, hat an dich geglaubt, und ich tue es auch. In dir steckt ein großer Anführer. Wenn wir überleben wollen, müssen wir stark wie ein Rudel sein und zusammenhalten wie die Kojoten.«

Cochises Worte waren das Gesetz der Ndé. Sie respektierten ihn als obersten Anführer. Gezwungen durch die vielen Verluste von Kriegern und durch die Übermacht der Feinde auf beiden Seiten der Grenze vermischten sich die verschiedenen Gruppen der Ndé immer mehr. Die Chihenne taten sich mit den Chiricahua zusammen, denn Cochise war durch seine Frau ein Mitglied ihres Stammes, genauso wie er zu den Chiricahua gehörte. Die Chihenne suchten seinen Schutz, denn sie fürchteten die Übermacht der Blaujacken. Sie hatten nicht mehr genügend Krieger, um den Feinden entgegenzutreten.

Auch die übrig gebliebenen Bedonkohe zogen zu anderen Gruppen der Ndé.

Es gab keinen Unterschied mehr, denn wir alle hatten ein gemeinsames Schicksal, denn die Pindah-Lickoyee wollten uns alle vernichten. Sie unterschieden nicht, ob sie einen Ndé-Krieger oder dessen Frau und Kind vor dem Lauf des Gewehrs hatten oder ob sie Krieger von ganz anderen Stämmen wie Vieh niedermetzelten.

Wir suchten neue Stärke, indem wir uns zusammentaten. Es ärgerte mich aber, dass ich nie eine so große Anzahl Krieger dazu bringen konnte, mir zu folgen, wie es Cochise, Juh oder auch dem toten Häuptling der Chihenne gelungen war. Ich musste ständig meinen Rang beweisen. Kämpfte ich nicht genauso tapfer wie die anderen? War ich nicht genauso loyal?

She-Gha lag neben mir und spürte meinen Zorn.

»Geronimo ist ein großer Krieger. Wenn du der Sohn eines Häuptlings wärst, würden die Krieger dir folgen. Du kannst deine Herkunft nicht ändern, aber dafür hat mein Mann die Kraft und Gabe, mit Ussen zu sprechen. Das ist etwas, was man nicht von seinem Vater übernehmen kann und keiner unserer Häuptlinge hat diese Kraft. Nur Ussen kann einem die Träume geben, um Dinge vorherzusehen. Du bist ein Schamane, ein von Ussen Auserwählter, Geronimo. Du bist nicht weniger als Taza, Naiche oder Mangas, deren Väter Häuptlinge sind oder waren. Du bist ganz besonders, denn Ussen selbst ist dein Vater.«

Ich drehte mich unter der Decke zu ihr und lächelte sie an.

»She-Gha hat recht. Ussen spricht zu mir und vielleicht kann ich meine Kraft und Visionen für alle Ndé nutzen. Ich sollte mehr an alle Brüder und Schwestern meines Volkes denken, nicht nur an meine eigene Ehre. Ich bin froh, dass Ussen mir eine kluge Frau geschickt hat.«

Einige Tage später kam ein Läufer von Victorios Stamm in unser Lager. Was er berichtete, beunruhigte uns sehr.

»Unsere Krieger und Häuptling Victorio versuchen alles, um die Blaujacken und andere Weißaugen von unserem Lager fernzuhalten. Die Visionen von Victorios Schwester Lozen helfen uns dabei, denn bislang hat sie uns immer rechtzeitig gewarnt. Nana und Häuptling Loco kämpfen an unserer Seite. Der Tod des großen Anführers der Chihenne hat die Angst unter unseren Frauen und Kindern geschürt. Wir vermissen die Tage, als wir in Ojo Caliente in Frieden lebten, aber noch geht es uns besser als den Mescalero und den Navajo.«

»Was weiß mein Bruder über die Navajo im Reservat?«

Der Läufer setzte sich an unser Feuer und nahm die Kürbisflasche mit Wasser, die ihm She-Gha anbot. Er trank und biss hungrig in eines der Fladenbrote aus Mesquitemehl, die unsere Frauen auf den heißen Steinen des Feuers buken. Ich wartete geduldig, denn der Mann war viele Meilen gerannt und musste sich erst einmal stärken.

»Nachdem dieser Schlächter, den die Weißaugen Kid Carson nennen, die Navajos in das Reservat Bosquo Redondo gesperrt hat, kam es genauso, wie es Cochise und Geronimo vorausgesagt haben. Es sind blutige Kämpfe ausgebrochen. Die Mescalero und die Navajos kämpfen um verdorbenes Fleisch und schimmeliges Mehl wie knochige Hunde auf der Straße. Sie alle hungern und bringen sich für die Rationen gegenseitig um.«

Cochise blickte ernst zu mir.

»Es muss die Pindah-Lickoyee sehr glücklich machen, wenn sich die roten Brüder in dem Reservat gegenseitig umbringen. Das spart ihnen die Arbeit und Rationen.«

Wir schwiegen und starrten für einen Augenblick in das Feuer. Jeder von uns hing den eigenen dunklen Gedanken nach. Die Frauen und Kinder saßen schweigend hinter uns und hörten dem Läufer aus Victorios Lager zu.

Cochise blickte zu ihnen und lächelte einige der Kinder müde an. Auch seine Frau saß in der Nähe. Ihr Gesicht hatte die Farbe der Asche und sie hustete viel. Ihr kurzes Haar fiel ihr struppig in die Augen. Die Last der Trauer um ihren Vater schien sie aufzufressen und sie wirkte von Tag zu Tag schwächer.

Auch Naiche und Taza waren über den Zustand der Mutter besorgt. Ich konnte ihr kaum in die Augen blicken. Sie hatte nicht mit mir darüber gesprochen, aber ich wusste, dass sie Zweifel über meine Tapferkeit in ihrem Herzen trug und wahrscheinlich genau wie ich dachte, dass ich ihren Vater hätte besser schützen müssen.

Cochise nickte schließlich.

»Wir haben keine Wahl. Wir müssen Frieden schließen, solange wir die Bedingungen noch selbst aushandeln können. Die Weißaugen sind zu zahlreich und die Nakai-Yes würden uns abschlachten, sobald wir über die Grenze kommen. Kleine Gruppen fallen vielleicht nicht auf, aber wir brauchen die Stärke von vielen Händen von Kriegern.«

Ich schnaubte verachtend und nahm einen Zug von meiner Pfeife.

»Hat Cochise bereits vergessen, wie der Wunsch nach Frieden für den Vater seiner Frau geendet hat?«

Cochise schüttelte traurig den Kopf.

»Nein, Geronimo. Cochise wird es nie vergessen.«

Abermals schaute er zu seiner Frau, aber sie nahm nichts wahr, sondern starrte nur mit leeren Augen vor sich hin. Manchmal wirkte sie, als ob sie bereits im Land des Glücks wäre.

»Wenn ich mich wirklich mit den Nantans und Teniente treffe, dann reite ich mit vielen Händen Kriegern.«

Ich schüttelte den Kopf wie ein wildes Pferd.

»Die Blaujacken haben Feuerwagen, die große Pesh-Kugeln spucken. Sie können viele Krieger töten, ohne überhaupt in die Nähe unserer Waffen zu kommen. Sie werden uns vernichten, bevor wir überhaupt eine Chance haben, einen von ihnen zu töten.«

Naiche, Cochises jüngerer Sohn, nickte.

»Geronimo hat recht, Vater. Das würde den sicheren Tod für viele von uns bedeuten.«

Naiche war ein temperamentvoller Krieger und es war bekannt, dass er meine Art, mich in den Kampf zu stürzen, stets bewunderte. Er stand im Schatten seines älteren Bruders Taza, der von Cochise darauf vorbereitet wurde, der Häuptling der Chiricahua zu werden. Naiche fiel es genauso schwer wie mir selbst, sich den Befehlen der Häuptlinge zu beugen. Er war ein Hitzkopf und erinnerte mich an meine eigenen Tage, als ich noch jung gewesen war und mir keine Gedanken darüber machte, ob meine Art, den Kampf zu suchen, meinem Volk schaden würde.

Mitten in dieser schweren Zeit änderte sich wieder einmal alles für uns Ndé. Die Anführer im Haus des großen Nantans der Weißaugen Abraham Lincoln entschlossen sich, das Territorium von Arizona von New Mexico zu trennen. Es gab nun eine neue Hauptstadt von Arizona.

Prescott im Norden lag einige Tagesritte von unseren Lagern weg und ich fragte mich, ob es die Distanz zu uns oder eher das kühlere Wetter war, warum die Weißaugen diese Stadt zum neuen Mittelpunkt des Territoriums machten. Aber nicht nur das veränderte sich. Die Blaujacken bauten ein Fort nach dem anderen. Wir beobachteten sie dabei und unsere Sorge wuchs, denn jedes Fort bedeutete mehr Blaujacken und mehr Feuerwagen mit den großen Pesh-Kugeln. So entstanden in den nächsten Monden Fort Bowie in der Nähe vom Apache Pass, Fort Breckenridge und die Armeelager Camp Wallen und Camp Mason. Fort Buchanan und Fort Huachuca wurden noch zusätzlich ausgebaut.

Trotzdem hielten wir an den Überfällen fest. Es war der verzweifelte Versuch, zu verhindern, dass wir von mehr und mehr Blaujacken überrollt wurden. Einer unserer bevorzugten Plätze für einen Überfall blieb der Eingang zum Doubtful Canyon. Er diente als wichtiger Pass nicht nur für die Postkutschenroute, sondern war auch eine wichtige Marschroute für die Blaujacken auf dem Weg zu den verschiedenen Forts. So überfielen wir in der Zeit der vielen

Blätter, die von den Weißaugen Mai genannt wurde, die 5. Kompanie, die aus Kalifornien in unser Gebiet marschiert war.

Die Route entlang des Doubtful Canyon fiel steil zum Canyongrund ab, was ein Umdrehen für Planwagen und Feuerwagen unmöglich machte. Die Felsüberhänge auf beiden Seiten des Canyons boten den besten Schutz vor feindlichen Kugeln und verhinderten, dass die Blaujacken uns rechtzeitig entdecken konnten.

Wir hätten die ganze Kompanie besiegen können, aber ein Mann bot uns einen Gegenkampf, der eines Ndé würdig gewesen wäre. Als wir anfingen, auf die Blaujacken zu schießen, sammelte er seine Männer um sich und gab ihnen die Anweisung, ruhig zu bleiben und ihr Feuer gezielt einzusetzen. Mit jedem Schuss gewannen die Soldaten an Selbstsicherheit. Ihr Teniente war ein schlauer und tapferer Mann und beinahe wünschte ich mir, ihn kennenlernen zu können. Der Mann hielt seine Blaujacken zusammen und handelte ruhig und überlegt und voller Tapferkeit. Er war ein guter Anführer und erinnerte mich an den Teniente Bascom, der sich uns ohne Furcht am Apache Pass entgegengestellt hatte. Ich nickte voller Anerkennung und beugte mich dann Cochises Befehl zum Rückzug.

Was ich zu diesem Zeitpunkt noch nicht wusste, war, dass Cochise von diesem Jahr 1863 an keine Blaujacken mehr angreifen würde. Stattdessen beschloss Cochise, seine Überfälle auf Siedler und die Postroute auszuweiten. Aber auch das würde uns schon bald in Schwierigkeiten bringen.

Kapitel 8
Ein Treffen mit Victorio

Eines Abends rief mich der Häuptling der Chiricahua zu sich an das Ratsfeuer. Auch seine beiden Söhne saßen bei ihm.

»Geronimo weiß, dass wir kaum noch eine Chance gegen die Blaujacken haben. Die Siege sind selten wie die Quellen in der Wüste geworden. Ihre Waffen sind zu stark und ihre Männer zu zahlreich.«

Ich nickte und rauchte eine Zigarette aus Blättern und Tobaho.

»Ich höre dich, Cochise. Du sprichst, als ob du eine Entscheidung getroffen hast.«

Cochise zögerte und suchte den Blick seiner beiden Söhne. Taza nickte ihm aufmunternd zu.

»Ich glaube noch immer, dass wir versuchen sollten, mit den Weißaugen zu reden. Vielleicht können wir doch Frieden schließen und dann in Ruhe hier in den Bergen leben. Wir werden in die Stadt Cañada Alamosa reiten. Bislang sind die Weißaugen dort froh, dass wir sie auf unseren Beutezügen immer verschont haben, denn wir handeln seit vielen Ernten mit ihnen. Ich werde mit vielen Kriegern dorthin reiten und Wachen in den Hügeln rund um den Ort verteilen. Wenn die Blaujacken oder die Nakai-Yes versuchen, eine List anzuwenden, werden wir rechtzeitig gewarnt sein und fliehen können.«

Ich schwieg und rauchte in die vier heiligen Himmelsrichtungen. Dann blickte ich den Häuptling der Chiricahua ruhig an.

»Warum will Cochise nach Cañada Alamosa reiten?«

Cochise zögerte, doch dann blickte er mir entschlossen entgegen.

»Es ist Zeit, den Frieden auszuhandeln.«

Obwohl wahrscheinlich alle darauf warteten, dass ich heftig widersprechen würde, blieb ich diesmal ruhig, denn ich hatte mir die Worte meines Mentors vor seiner Ermordung zu Herzen genommen.

»Enjuh! Ich reite an deiner Seite. Ist die Zeit des Friedens gekommen, dann soll es so sein. Kommt es zum Kampf, dann werden wir kämpfen.«

Einen Mond später trafen sich die führenden Häuptlinge Cochise, Victorio von den Warm Springs Ndé, Loco und auch ich in Cañada Alamosa. Bei diesem Treffen lernte ich die Schwester Victorios, Lozen kennen. Genau wie ich, war auch Lozen eine Schamanin und Seherin. Ihr Bruder Victorio war einer der besten Kämpfer in dem Gebiet, das die Weißaugen New Mexico nannten. Er lebte mit seinem Stamm in dem Gebiet von Ojo Caliente.

Die Heimat der Warm Springs Ndé war von außergewöhnlicher Schönheit und auch sie wollten das Gebiet nicht an die Weißaugen verlieren. Sie waren eins mit der Natur ihrer Heimat genau wie wir Bedonkohe, Chihenne und Chiricahua. Nun sollten sie aber in ein Reservat bei Tularosa ziehen.

Als wir am Abend am Feuer zusammensaßen und das gebratene Pferdefleisch mit Tizwin-Bier genossen, erzählte mir Victorio von der Kraft seiner Schwester.

»Lozen sieht die Zukunft genau wie du, Geronimo. Sie kann vorhersagen, woher die Pindah-Lickoyee angreifen werden.«

Ich blickte zu der schweigsamen Lozen, die mit den Kriegern am Feuer saß.

Victorio deutete auf ihre Hände.

»Sie streckt die Hände in die vier heiligen Richtungen, als ob sie zu Ussen beten würde. Kommen die Pindah-Lickoyee, wird die Haut rot, als ob Lozen sich verbrannt hätte. Ihre Hände schmerzen dann sehr. So kann sie uns rechtzeitig warnen und sagen, in welche Richtung wir fliehen müssen.«

Ich nickte ihr beeindruckt zu. Gerne hätte ich ihre Kraft gesehen, denn es geschah nicht oft, dass Ussen einem Krieger oder einer Frau diese Gabe schenkte. Ich wusste, dass es auch eine schwere Last sein konnte, denn die anderen Ndé hatten hohe Erwartungen an ihre spirituellen Anführer. Manche unseres Volkes dachten, dass wir die Macht hatten, Unheil abzuwenden, wenn wir doch von Ussen auserwählt waren, aber das war oft nicht der Fall. Die Kraft der Visionen zu haben, war auch eine Bürde.

»Nun versteht Geronimo, warum Victorio bisher kaum Krieger verloren hat.«

Victorio lachte und reichte mir seinen Beutel mit Tobaho.

»Sie kann auch mit den Pferden sprechen. Sie folgen ihr wie kleine Kinder. Lozen flüstert in ihre Ohren und die Pferde lassen die Blaujacken im Stich. Ich sage dir, Geronimo, meine Schwester ist von Ussen gesegnet.«

»Hm, ich sehe keinen Krieger an ihrer Seite. Hat sie keinen Mann?«

Victorio schüttelte den Kopf.

»Sie hat sich entschieden, das Leben eines Kriegers und Schamanen zu führen. Sie will für alle Warm Springs Ndé da sein und nicht nur für einen einzelnen Mann sorgen. Ich bin zwar der Häuptling der Warm Springs, aber sie ist die Seele unseres Volkes. Es erfüllt mein Herz mit Stolz und Freude, sie beim Kampf zu beobachten. Sie reitet und kämpft so tapfer wie meine besten Krieger.«

Ich schaute wieder zu ihr.

»Ho, Lozen, ich sehe dich. Was dein Bruder über dich sagt, erfüllt auch mein Herz mit Stolz. Die Frauen der Ndé sind so wertvoll und stark wie dieses Land. Vielleicht reiten wir eines Tages zusammen.«

Damals konnte ich noch nicht ahnen, dass dies ein paar Ernten später tatsächlich der Fall sein würde. Sie begegnete meinem Blick offen.

»Ich danke Geronimo für seine Worte. Die Ndé erzählen sich viele Geschichten über deine Tapferkeit an den Lagerfeuern. Wenn es Ussens Wille ist, werden wir eines Tages zusammen gegen die Pindah-Lickoyee reiten.«

Kapitel 9

Der Frieden ist weit weg

Obwohl wir dem Ruf zum Ratsfeuer der Blaujacken gefolgt waren, brachten die Gespräche mit Teniente Charles Drew in Cañada Alamosa keine Veränderungen. Auch der Frieden war nicht in Sicht. Stattdessen kamen mehr und mehr Weißaugen in unser Gebiet. Sie waren auf der Suche nach dem gelben Metall und nach dem grauen Stein, den sie Silber nannten.

Da all die Männer, die in Mutter Erde wühlten, Essen brauchten, schossen Ranches wie Pilze nach der nassen Regenzeit aus dem Boden. Unsere Wanderrouten wurden von Zäunen unterbrochen. Zuerst störte uns das nicht, denn so hatten wir es leicht, reiche Beute zu machen und Rinder zu stehlen. Bald aber mussten wir erkennen, dass die Weißaugen in den Siedlungen ihre eigenen Gesetze schufen und sich nicht an die Befehle der Blaujacken hielten. Sie fingen an, uns mit Gruppen schwer bewaffneter Reiter zu verfolgen. Wir beobachteten, wie sie sich in ihrer Gier nach dem gelben Metall sogar gegenseitig erschossen. Jeder Mann hatte Gewehre und Pistolen und genügend Munition.

»Wenn sie den eigenen Bruder in ihrem Lager erschießen, was werden sie dann erst mit uns tun?«, fragte Cochise eines Tages.

Keiner von uns hatte eine Antwort, aber jedem der Krieger war die Angst vor der Zukunft im Gesicht abzulesen.

Cochise wusste, dass die Postrouten der Weißaugen die Nachrichten über unsere Überfälle und auch, wo unsere Lager waren, in die Städte der weißen Siedler brachten. Er beschloss abermals, genau wie in den Monden zuvor, als er die Overland-Linie am Apache Pass überfiel, wieder die Postroute zu unterbrechen. Cochise war schlau und hatte die Bräuche der Blaujacken gut beobachtet. Er wusste, dass die Blaujacken ihre Marschbefehle über die seltsamen schwarzen Zeichen auf dem Papier erhielten, die in den Kutschen transportiert wurden.

Am 5. Oktober hatten die Soldaten W. H. Bates, J. W. Slocum, D. B. Shellabarger und M. Blake den Befehl, die beiden Kutscher der Southern-Overland-Linie auf ihrem Weg von Fort Bowie nach Tucson zu schützen. Die Männer wussten, dass die Überfälle durch Cochise und seine Krieger sich mittlerweile gezielt auf die Postkutschenlinie und einzelne Ranches konzentrierten. Es schien, als würden die Chiricahua nicht nur den Nachschub an frischem Rindfleisch sabotieren, sondern auch den Informationsaustausch zwischen den führenden Offizieren der verschiedenen Forts unterbrechen zu wollen.

Ungefähr drei Meilen westlich von Dragoon Springs kamen die Eskorte der 21. Infanterie und die Postkutsche an einer größeren Herde Rinder vorbei. Nur wenige Minuten später waren sie noch immer gefangen im Dunst der Staubwolke, die in der Luft hing.

Ohne Vorwarnung überfielen zahlreiche Chiricahua in diesem Moment die ahnungslose Eskorte und die beiden Männer in der Kutsche. Alle sechs Männer starben beim ersten Angriff. Nachdem sie den Tod gefunden hatten, hielt Cochise seine Krieger auch nicht zurück, als diese die Soldaten und den Kutscher Mister Kaler sowie seinen Passagier, den Präsidenten der Apache Pass Minengesellschaft, auszogen und die getöteten Männer grausam verstümmelten. Die Apachen hatten die Schändung der Leiche von Mangas Coloradas nicht vergessen und zahlten die Grausamkeit mit gleicher Münze zurück.

In der Zeit der großen Früchte, die von den Weißaugen Herbst genannt wird, legte sich Cochise wieder mit seinen Kriegern auf die Lauer. Er wusste, dass die Nantans in den Forts der Blaujacken über die Postkutschen und das weiße Papier mit ihren Zeichen darauf miteinander sprachen, wenn sie keine Reiter der Blaujacken zu den anderen Forts schickten.

An diesem Tag kam eine Kutsche von Fort Bowie und fuhr in Richtung der Siedlung, der die Weißaugen den Namen Tucson gegeben hatten. Die Männer der Blaujacken, die die Kutsche und die beiden Männer schützen sollten, fanden genauso den Tod wie der Viehtreiber, an dem die Kutsche kurz zuvor vorbeigefahren war, denn das nächste Ziel war die mehr als fünfzehn Mal beide Hände große Rinderherde.

In dieser Nacht wurde der Sieg gefeiert und getanzt, während das Tizwin-Bier in Strömen floss und das saftige Fleisch eines frisch geschlachteten Rindes über den Kochfeuern briet. Wir lachten und waren glücklich. Das, was für uns früher normal gewesen war, waren nun seltene Momente der Unbeschwertheit geworden und das erfüllte mich mit Wehmut.

Cochise beobachtete die lachenden Krieger, aber auch sein Gesicht war ernst.

»Cochise scheint nicht glücklich zu sein«, sagte ich und hielt She-Gha meinen leeren Becher hin, den sie lächelnd füllte.

»Es ist ein guter Tag, Geronimo. Aber mein Herz ist schwer, denn ich glaube nicht, dass wir noch viele solche Tage erleben werden.«

Ich erwiderte nichts. Tief in meinem Herzen wusste ich, dass er die Wahrheit sprach.

Bereits zwei Sonnen später überfielen wir den nächsten Viehtrieb und töteten ein Weißauge. Wieder konnten wir über zehn Mal beide Hände Rinder stehlen und ins Lager bringen. Auf der Suche nach den verschwundenen Rindern fanden die Weißaugen die verstümmelten Leichen der Blaujacken und der beiden Männer aus der Kutsche. Sie konnten sie nicht begraben, sondern mussten fliehen, denn Cochise griff auch diese Patrouille an.

Die Männer suchten Schutz im nahegelegenen Fort Bowie. Dort rief Teniente William H. Winters alle verfügbaren Blaujacken zusammen und nahm die Verfolgung auf. Der Teniente war schlau, denn er ließ seinen Trupp von einem Scout anführen, der Cochise nicht unbekannt war.

Merejildo Grijalva war ein Nakai-Yi, den Cochise einst gefangengenommen hatte. Er war den Chiricahua nach vielen Monden entkommen und hatte sich bei den Blaujacken versteckt. Grijalva hatte viel über die Bräuche der Ndé gelernt. Er wusste, wo Cochises Familien ihr Essen und Wasser fanden, aber was noch schlimmer war: Er kannte viele seiner Lager.

Der Teniente verfolgte Cochise mit seinen Männern. Cochises Krieger kamen nur langsam vorwärts, denn sie trieben die Herde der gestohlenen Rinder durch das Sulphur Springs Tal in Richtung Mexiko. Teniente Winters schien die Ausdauer eines Ndé zu entwickeln. Wahrscheinlich wollte er seinen Nantan beeindrucken, denn er ritt, ohne auszuruhen hinter den Chiricahua her. Nach vielen Handbreit Zeit hatte er Cochise am Fuß der Pedregosa-Berge nahe der Grenze eingeholt.

Die Sonne war schon zwei Handbreit lang über die Berge gekrochen, als die Blaujacken angriffen und fünf der Krieger am Ende des Viehtriebs töteten. Der Teniente kämpfte verbissen, aber er konnte die Chiricahua nicht besiegen. Da beschloss er, Cochise zu seinem Hauptziel zu machen. Wahrscheinlich dachte er, dass er die Chiricahua leichter besiegen könnte, wenn er erst einmal deren Häuptling getötet hätte. Es gelang dem Teniente nicht, aber er erschoss weitere Krieger und konnte einen großen Teil der gestohlenen Rinder zurück zum Fort Bowie treiben.

Kapitel 10

Oktober 1869 – Ein Erfolg für die Truppe

Oberst Reuben Bernard war nach einem Erkundungsritt auf dem Weg zurück nach Fort Bowie in der Nähe der oft umkämpften Apache Spring Quelle und der Overland-Kutschenstrecke. Ihm wurde berichtet, dass Winters mit 21 Männern die Verfolgung Cochises aufgenommen hatte und noch nicht zurückgekehrt war.

Fort Bowie lag ungefähr 45 km entfernt von dem Ort, wo die Kampfhandlungen stattgefunden hatten. Oberst Bernard stellte eine Truppe von Männern aus der 1. und 8. Kavallerie zusammen und ritt schließlich mit 61 Mann Leutnant Winters entgegen, in der Hoffnung, dass dieser das Zusammentreffen mit Cochises Kriegern überlebt hatte.

Tatsächlich kam ihm ein siegreicher Leutnant Winters mit einem Großteil der gestohlenen Rinderherde entgegen.

»Leutnant Winters, berichten Sie!«

Winters salutierte seinem Vorgesetzten nicht ohne Stolz.

»Wir haben einen Großteil der Rinder zurückholen können. Zwei meiner Männer sind verwundet. Keine Verluste, Sir.«

Bernard nickte anerkennend.

»Und Cochise?«

Winters grinste und wirkte dabei um Jahre jünger.

»Wir haben zwölf seiner Krieger getötet. Er ist auf der Flucht. Ich vermute, er reitet weiter Richtung Mexiko, Sir.«

Oberst Bernard kratzte sich am Kinn.

»Wie haben Sie den alten Fuchs aufgestöbert?«

Winters zeigte auf seinen Scout Grijalva.

»Er hat die Spur gefunden, Sir.«

Grijalva blickte grimmig.

Oberst Bernard nickte anerkennend.

»Sehr gute Arbeit, Soldat. Ich nehme an, es ist Ihre Rache für die vielen Monate in Gefangenschaft bei diesen roten Teufeln. Können Sie die Spur wiederaufnehmen?«

Grijalva nickte.

»Si, Signor. Er hat keine Zeit, die Spuren zu verwischen. Er hat viele Verluste erlitten.«

Oberst Reuben Bernard nickte zufrieden und deutete auf Winters und seine Truppe.

»Bringen Sie die Männer zurück nach Fort Bowie und die Rinder auch. Wir übernehmen ab hier und verfolgen die Chiricahua weiter. Geben Sie in der Küche Bescheid, dass die Männer eine Extra-Ration Fleisch erhalten und sich ein paar Stunden ausruhen sollen. Ich bin sehr stolz auf Sie und Ihre Truppe, Winters. So wie es aussieht, haben Sie Cochise die größten Verluste seit 1861 beigebracht.«

Am 18. Oktober kam Bernard mit seiner Truppe an der Stelle an, wo Winters auf Cochises Chiricahuas getroffen war.

Der Scout untersuchte die Spuren am Boden und runzelte die Stirn.

»Können Sie die Spur nicht mehr finden, Grijalva?«

Oberst Bernard sah Cochises ehemaligen Gefangenen fragend an.

Dieser nickte bedächtig.

»Ich habe die Spur schon gefunden, Capitano. Aber sie führt nicht nach Mexiko.«

Bernard starrte seinen Scout verdutzt an.

»Sondern?«

Grijalva deutete nach Norden.

»Er reitet zurück in die Chiricahua Berge, Capitano.«

Bernard folgte der Spur weiter.

Am 19. Oktober entdeckte er ein paar Apachen in der Nähe vom Rucker Canyon. Bevor er überhaupt zu ihnen aufschließen konnte, eröffneten die Apachen das Feuer und töteten Unteroffizier Stephen Fuller von der 8. Kavallerie und Thomas Collins von der 1. Kavallerie. Ein weiterer Soldat namens Edwin Elwood wurde schwer verletzt.

Bernard übergab das Kommando an Leutnant John Lafferty und plante, die Apachen von hinten anzugreifen, während Lafferty und ein paar der Soldaten die Krieger von vorne in Schach halten sollten.

Der Widerstand der Apachen aber war zu stark, denn sie hatten eine erhöhte Lage im Canyon und fanden genügend Deckung hinter den Felsen.

»Wir müssen ihnen in den Rücken fallen«, wies er seine Männer an. »Lafferty, Sie teilen die Männer auf und versuchen diese roten Teufel von rechts und links in die Zange zu nehmen, während ich mich von hinten anschleiche.«

Der Leutnant tat, wie ihm befohlen, aber die Apachen feuerten gezielt und hatten offensichtlich mehr Munition als erwartet.

Als Leutnant John Lafferty versuchte, die toten Kameraden auf dem Canyongrund zu bergen, wurde er durch eine Kugel schwer verletzt. Sie zerschmetterte ihm den halben Kiefer. Bernard verstand, dass er nicht genügend Männer dabeihatte, um die Apachen lange genug unter Beschuss zu nehmen und aus ihrer Deckung zu locken.

»Männer, wir reiten zurück zum Fort. Die Verwundeten brauchen dringend Hilfe. Es macht keinen Sinn, die Apachen weiter unter Beschuss zu nehmen. Wir haben nicht genügend Männer und Munition dabei, um ihnen den Garaus zu machen. Wir kommen in ein paar Tagen zurück und nehmen die Verfolgung wieder auf.«

Bernard tat genau das, denn am 24. Oktober rückte er abermals aus. Als er wieder beim Rucker Canyon ankam, war Cochise aber weg und mit ihm all seine Krieger und alle gestohlenen Rinder, die Winters und Bernard nicht erwischt hatten.

Bernard war frustriert.

»Begrabt die toten Soldaten, Männer. Sie haben ein christliches Begräbnis verdient.«

Später erhielten Bernard und dreißig seiner Soldaten das Ehrenkreuz dafür, dass sie Cochise die größten Verluste der letzten zehn Jahre beigebracht hatten.

Kapitel 11
Cochise ist müde

Cochise starrte in die Flammen.

»Ich will nicht mehr flüchten. Ich bin müde, meine Frauen und Kinder sind erschöpft. Wir werden mehr und mehr in die Enge getrieben und ich habe nicht mehr die Kraft, mich wie ein starker Wolf dagegen zu wehren.«

Taza nickte verständnisvoll, aber Naiche, sein jüngerer Sohn, blickte zornig.

»Vater, die Händler haben erzählt, dass der Teniente, der uns am Rucker Canyon nicht besiegen konnte, überall die Lügen erzählt, dass er uns bezwungen hätte. Er spricht nicht mit gerader Zunge.«

Cochise nickte.

»Mach dir keine Sorgen, mein Sohn. Ich werde so lange keinen Frieden schließen, bis ich selbst bestimmen kann, wie dieser Frieden für uns Ndé aussehen soll. Ich will das Lager für uns wählen. Die Ndé sollen in den Chiricahua-Bergen leben und nicht auf einem Stück verdorrter Erde, wie es die Blaujacken wollen. Die Ndé sterben an den Orten, die die Blaujacken für uns aussuchen. Sie bekommen Krankheiten oder verhungern. Ich bin 50 Ernten, aber noch gebe ich nicht auf. Solange sie mit unseren Bedingungen nicht einverstanden sind, wird Cochise sein Zeichen nicht unter ihr Papier mit den seltsamen schwarzen Zeichen machen.«

Naiche nickte.

»Enjuh! Das ist gut, Vater.«

1870 kam ein neuer Nantan der Blaujacken in unser Gebiet. In den Jahren des Kampfes gegen die Blaujacken und die Weißaugen habe ich viele Tenientes und Nantans gesehen. Immer, wenn wir einen besiegt hatten, schickte der große Vater aus dem Osten einen neuen Anführer in die Forts. Keiner von ihnen verstand die Ndé und unsere Art zu leben. Keiner von ihnen konnte unsere Sprache oder kannte unseren Glauben. Sie alle wollten das Gleiche. Sie wollten uns vernichten.

Dann schickte der große Vater einen Mann, der sehr gefährlich für uns war. Die Blaujacken nannten ihn George Crook, aber wir gaben ihm einen neuen Namen: Nantan Lupan. Das bedeutet *grauer Wolf*, denn er war ein großer Anführer. Es war ein Name des Respekts, denn wir nahmen unsere Feinde ernst. Die Tage, in denen ich leichtsinnig wie ein Narr unter dem Einfluss von Mescal die Pindah-Lickoyee unterschätzt hatte, waren vorbei.

»Was wissen die Ndé im Osten über diesen Mann?«, wollte ich wissen.

Häuptling Loco, der von den Chihenne in mein Lager gekommen war, zuckte mit den Schultern.

Wir saßen zusammen am Ratsfeuer und rauchten.

Ich nickte ihm zu.

»Ho, Loco, mein Freund. Du kommst aus Cañada Alamosa. Hast du mit dem Teniente Drew gesprochen? Das letzte Mal als Cochise, Juh und die anderen Häuptlinge sich dort trafen, hat er keinen Friedensvertrag mit uns gemacht.«

Loco nickte.

»Ich glaube, die Weißaugen wollen ihn dort vertreiben. Er ist gut zu uns, ein Freund. Das gefällt ihnen nicht. Listig wie eine Schlange, die einen Vogel jagen will, versuchen ein paar der Weißaugen den Teniente Drew schlecht zu machen.«

Ich nahm einen Schluck Tizwin-Bier.

»Hm. Warum? Er hat nichts Falsches getan.«

Loco lachte.

»Er trinkt gerne und teilt seinen Whiskey mit uns. Das gefällt den Blaujacken und den anderen Weißaugen nicht.«

»Bist du deswegen so besorgt?«

Ich wartete, denn Loco schien ungewöhnlich ernst zu sein.

»Dieser neue Nantan Crook macht mir Sorgen. Ich habe gehört, dass er sehr gefährlich ist. Er hat die Snake und die Paiute besiegt. Beide Völker sind nun in Reservaten gefangen. Er kämpft listig und gibt nicht so leicht auf. Wir müssen uns vor ihm in Acht nehmen, Geronimo.«

»Warum sollte er gefährlicher sein als die anderen Nantans?«

Ich glaubte nicht daran, dass er uns besiegen könnte.

Loco aber runzelte die Stirn.

»Er versucht, unsere Art zu verstehen.«

»Aber das wäre keine schlechte Sache, Loco. Vielleicht lässt er uns dann in Ruhe und wir können Frieden schließen.«

Loco schüttelte aber den Kopf.

»Geronimo versteht nicht. Er versucht, unsere Spuren zu finden und unsere Lager zu überfallen.«

Ich lachte laut.

»Loco weiß, dass ein Ndé nur dann gefunden wird, wenn er das will.«

Loco schwieg einen Moment. Dann blickte er mir offen in die Augen.

»Dieser Nantan weiß das und deshalb ist er eine Gefahr für uns.«

Ich verstand nicht, was den Häuptling beunruhigte.

»Loco spricht ängstlich wie ein zahnloses Weib der Nakai-Yes.«

»Er kann uns finden, Geronimo.«

»Dazu bräuchte er sehr gute Fährtenleser und die Blaujacken haben schlechte Scouts.«

»Dieser nicht. Er hat Scouts aus dem Volk der Ndé, mein Bruder.«

Ich schaute ihn entsetzt an.

»Bei Ussen, wer sind die Verräter?«

Locos Stimme war nur noch ein Flüstern.

»Er hat Ndé aus dem Reservat der White Mountains geholt. Er verspricht ihren Familien mehr Vorräte, ein besseres Leben und Wicki-ups aus Holz mit genügend Feuerholz für die Zeit des Geistgesichts.«

»Ussen steh uns bei. Du weißt, was das bedeutet.«

Loco nickte.

»Ja. Es braucht einen Ndé, um einen anderen Ndé zu finden. Er hat sie in seinem Fort und sie tragen nun die blauen Jacken unserer Feinde.«

Kapitel 12

Eine ungewöhnliche Freundschaft

Unter den Weißaugen gab es einen Mann, der das schaffte, was niemandem von den Pindah-Lickoyee vorher gelungen war. Sein Name war Jeffords. Er war genauso groß wie Cochise und im Gegensatz zu vielen Weißaugen schien er Cochise nicht zu fürchten.

Einige Zeit bevor Jeffords und Cochise sich kennenlernten, war er der Anführer der Männer, welche die Overland-Kutsche am Apache Pass entlangfuhren. Es muss ihn sehr geärgert haben, dass er durch die Chiricahua zwei Mal beide Hände an Kutschern verloren hatte. Cochise kontrollierte die Postkutschenroute für viele Monde und wahrscheinlich wollte kein Mann mehr für Jeffords durch unser Territorium fahren.

Nach einigen Monden kam auch Tom Jeffords wie viele andere Weißaugen zurück in unsere Heimat, um nach dem gelben Metall und dem grauen Stein zu suchen, den die Weißaugen Silber nennen. Er schloss sich nicht den gierigen Schürfern in den Siedlungen an, sondern war allein in den Chiricahua-Bergen unterwegs.

Es dauerte nicht lange und die Krieger von Cochise entdeckten ihn und nahmen ihn gefangen. Obwohl die Pindah-Lickoyee wussten, dass sie nicht lange leben würden, wenn sie von uns gefangen wurden, zeigte dieser Mann keine Furcht. Er blieb ruhig und sprach sogar ein paar unserer Worte. Cochise war von seinem Mut beeindruckt und hielt seine Krieger zurück, als sie ihn töten wollten.

»Dieser Mann ist uns mit Mut begegnet. Wir Ndé respektieren mutige Männer. Er soll sich mit mir an das Feuer setzen.«

Die Krieger waren darüber erstaunt, denn nur wenige Weißaugen galten als Freunde wie der Teniente Drew und der Händler Tomaso.

Beide Männer setzten sich an das Feuer und der weiße Mann reichte Cochise seinen Beutel mit Tobaho.

»Wie nennt man dich?«, wollte Cochise wissen.

»Ich bin Tom Jeffords. Ho, Cochise, ich sehe dich. Lass uns zusammen in die vier heiligen Richtungen rauchen.«

Cochise blickte den Mann überrascht an.

»Du kennst unsere Bräuche und sprichst unsere Zunge. Hast du eine Ndé als Frau?«

Er aber schüttelte den Kopf.

»Woher weißt du, dass ich Cochise bin?«

Er nahm einen Zug von seiner Pfeife.

»Es gibt nur drei Häuptlinge, von denen man sagt, dass sie so groß wie Bäume sind. Einer dieser Männer ist Victorio, aber er lebt im Gebiet von Warm Springs. Der andere war ein großer Häuptling, dessen Namen wir nicht mehr nennen sollen. Der Dritte ist Cochise, Häuptling der Chiricahua, also bist du Cochise.«

Der Häuptling lächelte.

»Du bist ein kluger Mann, Tom Jeffords. Wie alt bist du?«

»36 Ernten. Ich hatte die letzten Jahre viel mit Cochise und seinen Männern zu tun.«

Cochise runzelte die Stirn.

»Ich bin dir nie begegnet, Jeffords.«

Der weiße Mann nickte.

»Das stimmt. Aber du hast mir viel Schlaf geraubt. Ich habe viele Männer durch dich verloren.«

»Hast du für die Blaujacken gekämpft?«

»Nein, aber ich war der Mann, der für die Postkutschenlinie am Apache Pass verantwortlich war. Deine Krieger haben viele meiner Kutscher getötet.«

Cochise studierte das Gesicht des Fremden.

»Und obwohl wir viele deiner Männer getötet haben, zeigst du keine Furcht, mit mir hier am Feuer zu sitzen? Du weißt, dass dich meine Krieger sofort in das Land deiner Vorfahren schicken, wenn ich ihnen nur ein Zeichen gebe. Warum zeigst du keine Angst, Jeffords?«

»Es wäre kein großer Sieg für Cochise. Er ist ein mutiger und kluger Mann. Cochise ist kein Krieger, der jemanden feige umbringt. Du tötest, weil du deine Heimat und die Ndé schützen willst.«

Cochise nickte.

»Alle Weißaugen sind Feinde geworden. Sie alle wollen uns in Reservate einsperren oder töten. Sieh dich um, Jeffords. Schau die Ndé an. Sie sind die Freiheit gewohnt. Wie der Falke in der Luft wollen auch wir frei ziehen, wohin der Wind uns trägt. Wenn man uns auf ein verdorrtes Stück Land sperrt, ohne unsere Berge, ohne die Orte, die wir seit vielen Ernten aufsuchen, werden wir sterben wie der Mais, der kein Wasser bekommt. Jeder Berg, jeder Canyon, jeder Fels erzählt die Geschichte der Ndé. Wenn man uns das alles wegnimmt, werden wir fortgetragen, wie der Staub im Wind und bald schon wird niemand mehr wissen, dass es uns Ndé so lange Zeit in diesem Land gab. Was ist mit unseren Kindern, Jeffords? Darf ich als Häuptling zulassen, dass sie nicht wissen, wer sie sind und woher sie kommen? Wie sollen sie eines Tages in das Land jener kommen, die vor uns diese Welt verlassen haben, wenn sie nicht wissen, wer ihre Vorfahren überhaupt waren?«

Jeffords schwieg und beobachtete ein paar Frauen beim Mahlen der Mesquitebohnen auf einem ausgehöhlten Stein. Über ihm rief ein Falke und glitt in großen Kreisen durch die Luft. Vor ihm saß der Mann, der ihm und der Overland-Linie das Leben schwer gemacht hatte. Der Mann, dessen Name Angst und Schrecken verbreitete genauso wie der von Geronimo.

Und doch war dieser Apache so anders, als Jeffords es erwartet hatte. Er saß einem Krieger gegenüber, der seine Leute warmherzig behandelte, und seine Ansichten gaben Jeffords zu denken, denn er konnte Cochises Gedankengänge nachvollziehen. Dieser Mann war weit entfernt vom Bild eines kaltblütigen Killers.

»Als ich gefangen genommen wurde, habe ich den Tod erwartet.«

Cochise schmunzelte.

»Das kann noch immer passieren.«

Jeffords lachte und er klang dabei trotz der Gefahr, in der er war, erstaunlich ungezwungen.

Doch dann wurde Jeffords ernst.

»Cochise hat recht. Jeder Mann muss seine Familie und seine Heimat schützen. Es ist wahr, dass die Ndé lange vor uns Weißaugen in diesem Land waren. Es ist viel Unrecht auf beiden Seiten geschehen. Wenn du die Weißaugen tötest, werden auch sie euch töten.«

Er blickte zu den Frauen und nickte in deren Richtung.

»Die Mütter beider Völker weinen das salzige Wasser, wenn ihre toten Söhne zu ihren Füßen liegen, Cochise. Das Herz schmerzt immer, egal ob es in der Brust eines Weißaugen oder eines Ndé schlägt. Es gibt keinen Unterschied.«

Cochise schien erstaunt über den weißen Mann.

»Du bist klüger als viele deines Volkes, Jeffords. Du scheinst ein ehrliches und mutiges Herz zu haben. Cochise tötet nicht aus Freude. Es ist gut, wenn die Weißaugen mich fürchten, aber nicht Ussen hat uns diese Art beigebracht, sondern die Nakai-Yes und die Weißaugen haben uns die Grausamkeit gelehrt.«

Jeffords nickte beschämt. Er beobachtete, wie ein Krieger geduldig einem kleinen Jungen beibrachte, wie er mit der Steinschleuder üben sollte. Die beiden lachten dabei herzlich.

»Vater und Sohn?«, wollte er von Cochise wissen, doch dieser schüttelte den Kopf.

»Sein Vater und seine Mutter wurden von den Nakai-Yes erschlagen. Er versucht, dem Jungen einen Platz in dieser Welt zu geben.«

»Armer Junge«, flüsterte Jeffords.

Sie beobachteten die beiden ein paar Momente, dann richtete Cochise sich wieder an den weißen Mann.

»Sag mir, Jeffords, wirst du weiter nach dem grauen Stein und dem gelben Metall suchen?«

Jeffords zuckte mit den Schultern, aber antwortete zuerst nicht.

Cochise winkte seine Frau heran.

»Gib ihm einen Becher Tizwin und bring uns etwas Pemmikan und Fladenbrot. Niemand soll das Lager von Cochise hungrig verlassen.«

Sie lächelte und kam wenige Minuten später zurück.

Jeffords dankte ihr und biss in das noch warme Brot. Dann nahm er einen herzhaften Schluck vom Tizwin.

»Bringe keine Weißaugen in mein Lager, Jeffords. Nimm nur so viel aus dem Bauch von Mutter Erde, wie du für dich brauchst. Die Chiricahua haben keinen Respekt vor den Männern, die im Bauch von Mutter Erde wühlen. Wenn du viele Weißaugen bringst und ihnen unser Lager verrätst, muss ich dich töten. Wir würden euch alle töten. Du allein aber sollst von nun an in meinem Lager willkommen sein.«

Jeffords nickte.

»Ich werde nur so viel aus dem Boden holen, bis ich genug Geld habe, um meinen eigenen Handel aufzumachen. Ich plane, in die Gegend von Cañada Alamosa zu gehen und dort einen Handelsposten aufzubauen. Auch Cochise und die Ndé werden dort willkommen sein.«

Cochise war nicht dumm, denn er war in freundlichem Kontakt zu ein paar Händlern und Ranchern, die ihm ab und zu Rinder gaben, um nicht überfallen zu werden. Er war ein schlauer Fuchs und wusste, dass die Händler viele Dinge hatten, die für die Ndé nützlich waren.

Mit Jeffords aber war es nicht das gleiche, denn ihm war bewusst, dass Cochise ihm sein Leben schenkte. Von jenem Tag an war der mächtigste Häuptling aller Ndé sein Freund, denn er hatte großen Respekt vor dem Mut von Jeffords. Tapferkeit verdiente im Leben der Ndé den höchsten Respekt. Jeffords hielt nicht nur sein Versprechen, keine Blaujacken in Cochises Lager zu führen, sondern half Cochise später dabei, die Chiricahua vor der Vernichtung zu retten.

Kapitel 13

Neue Friedensgespräche in Cañada Alamosa

Im Jahr 1871 kam eine Gruppe Weißaugen in unser Gebiet und wollte wieder über den Frieden sprechen. Unsere Läufer erzählten uns, dass sie von einem Lager der Ndé zum nächsten reisten. Es waren keine Blaujacken, sondern Männer des Mannes, der Nathanial Pope genannt wurde. Man hatte uns erklärt, dass er in unserem Namen mit den Nantans der Blaujacken und den Vätern weit im Osten sprach. Ich aber lachte darüber.

»Die Ndé können sehr gut für sich allein sprechen. Geronimo braucht keinen Superintendenten.«

Trotzdem hörten sich die Ndé die Männer an und verschonten die Weißaugen, denn zur Freude unserer Frauen kamen sie mit Waren für uns. Sie hatten den süßen, weißen Sand dabei, den ich so schätzte. Außerdem Cafe, warme Decken und sogar eine Flasche Mescal.

Ungefähr 160 Meilen von Cañada Alamosa stießen die Männer, die über den Frieden sprechen wollten, auf Cochises Lager. Cochise war auf Raubzug in Sonora und alles, was die Weißaugen antrafen, waren eine Handvoll Krieger, Frauen und Kinder. Sie alle waren in schlechtem Zustand und litten Hunger. Niemand von ihnen konnte sagen, wann ihr Häuptling von einem Raubzug zu den Nakai-Yes in das Lager zurückkehren würde.

Die Kinder waren halbnackt und viel zu dünn. In ihrer Verzweiflung folgten alle Chiricahua im Lager den Männern des Sprechers für Apachen-Angelegenheiten. Cochises Familie aber weigerte sich und blieb allein im Lager zurück.

Pope musste einen Mann finden, der nun zu Cochise ritt und ihn für die Friedensgespräche ebenfalls nach Cañada

Alamosa holen würde. Aber keiner der Männer der Agentur war mutig genug, zum größten Häuptling aller Ndé zu reiten. Schließlich baten sie Tom Jeffords, denn es war bekannt, dass er schon einmal Cochises Lager besuchte und ihm nichts passiert war. Jeffords ließ sich den gefährlichen Ritt allerdings gut bezahlen.

»Ho, Jeffords, ich sehe dich. Setz dich an mein Feuer.«

Jeffords winkte Cochises Frau und gab ihr ein paar Vorräte. Sie nahm sie schüchtern entgegen. Aber ihr Hunger war wohl stärker, denn als sie in den Jutesack blickte, überzog ein Strahlen ihr staubiges Gesicht.

»Ich danke dir für die Vorräte, aber ich glaube nicht, dass du gekommen bist, nur um uns etwas zu essen zu bringen. Ich weiß, warum du hier bist, Jeffords. Ich soll mit dir nach Cañada Alamosa reiten, um den Frieden zu verhandeln. Du bist umsonst hierher geritten, denn das kann ich nicht tun.«

»Vertraut mir Cochise nicht?«, wollte Jeffords wissen.

Cochise zog an seiner Zigarette, die er sich aus den Blättern einer Pappel und frischem Tobaho gedreht hatte.

»Dir vertraue ich, aber das ganze Land ist voller Blaujacken. Ich würde meine Frau und die Kinder in große Gefahr bringen, wenn ich mit dir reite und sie hierlasse. Solange ich sie nicht an einen sicheren Ort bringen kann, muss ich hier bei ihnen bleiben. Als ich auf Beutezug in Sonora war, kamen die Weißaugen der Agentur und haben beinahe meinen ganzen Stamm mitgenommen.«

»Ich verstehe Cochise. Er ist ein Mann der Ehre, der gut für seine Familie sorgt und seine Ndé beschützt. Warum bringst du deine Familie nicht einfach mit?«

Doch er schüttelte den Kopf.

»Ich habe das schon einmal getan. Ich habe meinen Bruder und meine beiden Neffen zu Verhandlungen im Lager des Teniente Bascom mitgenommen.«

Jeffords blickte den Häuptling verständnislos an.

»Ja, und? Warum tust du es dann diesmal nicht auch?«

Ein trauriger Schatten huschte über das Gesicht des Chiricahua.

»Sie sind tot, Jeffords. Sie haben sie umgebracht. Sie haben sie in der Luft tanzen lassen, bis sie ihrem Geisterpony begegneten.«

Jeffords schwieg betreten.

»Sie haben sie erhängt? Kein Wunder, dass du lieber hier bei ihnen bleibst. Na gut, ich werde dem Superintendenten in Cañada Alamosa sagen, dass du erst zu ihm reitest, wenn deine Familie einen sicheren Platz hat.«

So kehrte Tom Jeffords am 28. Juni ohne Cochise zu Nathanial Pope nach Cañada Alamosa zurück.

Dass Tom Jeffords das zweite Mal in Cochises Lager geritten war und lebend wieder zurückkam, verbreitete sich wie ein Lauffeuer im Territorium. Von nun an wurde Tom Jeffords als Cochises Freund gesehen. Für Tom Jeffords hatte sich der Ritt gelohnt, obwohl Cochise nicht mit ihm gekommen war, denn er ritt mit seinen eigenen Maultieren und Vorräten zu den Chiricahua und stellte den Ritt und die Tiere mit über 300 Dollar der Regierung in Rechnung.

Obwohl Cochise Jeffords vertraute, ging er zuerst nicht nach Cañada Alamosa. Der Grund dafür war ein Überfall auf eine Gruppe Ndé, die friedlich im Reservat lebten. Die Aravaipa Ndé hatten ihren Kampf um die Freiheit schon vor Monden aufgegeben und versuchten im Reservat als Farmer auf einem Stück schlechter Erde sesshaft zu werden.

Nach einigen Überfällen rund um die Siedlung, die von den Weißaugen Tucson genannt wurde, machten die Pindah-Lickoyee ohne zu zögern unsere Brüder, die Aravaipa im Reservat dafür verantwortlich, denn sie lebten in der Nähe von Tucson. Ihr Lager wurde im Morgengrauen angegriffen. Acht Mal beide Hände Krieger und Frauen starben im Kugelhagel und viele Kinder wurden gefangengenommen.

»Was ist mit den Kindern der Aravaipa passiert?«, wollte ich von einem Läufer wissen, der uns die schreckliche Nachricht überbrachte.

Der Mann war erschöpft und She-Gha brachte ihm zu essen und zu trinken.

Ich wartete, bis er wieder zu Atem gekommen war.

»Sie haben sie mitgenommen und an die Nakai-Yes als Sklaven verkauft.«

Ich ballte meine Hände zu Fäusten.

»Immer wieder die Nakai-Yes. Es war besser für uns, als sich die Weißaugen und die Nakai-Yes bekämpften. Nun aber arbeiten sie zusammen an unserer Vernichtung. Ich wünschte, Ussen würde mir die Macht geben die Pindah-Lickoyee und die Nakai-Yes von unserem Land zu fegen wie ein Sommersturm, so dass sie alle den Tod finden und wir endlich unser Leben so leben können, wie es uns die Vorfahren gelehrt haben.«

Der Läufer schüttelte traurig den Kopf.

»Die Kinder sind verloren, Geronimo. Die Aravaipa haben nicht mehr genügend Krieger übrig, um die Kinder zu befreien. Der Tod hat viele weggerissen. Immer weniger Ndé können die Feinde bekämpfen.«

Ich nickte und mir war schwer ums Herz.

»Du sprichst mit gerader Zunge. Wir sind umzingelt von Feinden. Es gibt kaum noch Lager, wo sie uns nicht entdecken, egal auf welcher Seite der Grenze wir uns verstecken. Nur noch die Berge und Canyons bieten uns Schutz. Ussen, wie viel Leid schickst du uns noch? Was haben die Aravaipa getan, dass du sie so strafst? Sie haben gelebt, wie es der weiße Mann von ihnen verlangt hat.«

Ich blickte den Läufer an. Er war zu dünn und unter den Augen waren dunkle Schatten, die nicht nur mit der Erschöpfung durch den Lauf in unser Lager zu tun hatten.

»Es gibt keine Gerechtigkeit mehr für die Ndé. Ich glaube, wir werden alle sterben.«

Die Krieger und ihre Frauen um mich herum schwiegen. Sie starrten vor sich hin und die Hoffnung war aus ihren Augen verschwunden. Ich fürchtete um mein Volk und fühlte mich hilflos.

»Wenn die Ndé in den Reservaten schutzlos sind und abgeschlachtet werden wie das Vieh der Weißaugen oder wir von Lager zu Lager gejagt werden wie das Wild in den Bergen, was bleibt uns dann? Nicht einmal der falsche Frieden mit den Weißaugen kann uns schützen. Ihre Zeichen auf dem Papier sind nichts wert.«

Der Läufer blickte mich an und flüsterte:

»Geronimo irrt sich. Es gibt einen Ort, an dem wir sicher sind.«

»Zeig ihn mir und ich bringe meine Krieger, die Frauen und Kinder dorthin.«

Doch der Krieger schüttelte den Kopf.

»Unser Happy Place, der Ort des Glücks ist der einzige Platz, an dem wir eines Tages sicher sein werden.«

Er hatte recht und sprach das aus, was viele der älteren Krieger bereits dachten. Ich fühlte mich, als ob mir ein Feind sein Messer in das Herz gerammt hätte und blickte auf meinen Sohn Chappo, den mir meine Frau Cheehash-kish geschenkt hatte und der mich mit Stolz erfüllte. Ich beobachtete, wie meine Tochter Dohn-Say ihrer Mutter beim Zubereiten von Pemmikan half, der Nahrung, die uns für viele Tage satt machen würde. Sie zerstampfte Beeren und Nüsse, mischte sie mit Trockenfleisch und Fett und füllte das Pemmikan in Lederbeutel.

Ja, mein Volk war eins mit der Heimat, den Bergen, mit dem Wind und den Felsen. Es war uns nichts geblieben als Flucht, Trauer und Angst. Zwei meiner Kinder waren tot und die beiden, die noch lebten, hatten keine Zukunft mehr. Zum ersten Mal wurde mir bewusst, dass die Ndé vielleicht in wenigen Ernten gar nicht mehr existieren würden, egal wie sehr wir dagegen ankämpfen würden. Man würde uns dann im Laufe der Zeit vollkommen vergessen.

Ich erhob mich und ging zum Rand des Felsplateaus.

»Ussen hat seine Kinder vergessen.«

Ich drehte mich zu den restlichen Chihenne um.

»Wenn ich meinem Geisterpony begegnen muss, dann werde ich es tun, wie ein tapferer Ndé es tun muss.«

Zum ersten Mal gelang es mir nicht, mein Herz für das Gebet zu Ussen zu öffnen. Ich fühlte mich von unserem Schöpfer verraten. Er ließ uns im Stich.

Kapitel 14
Gefährliche neue Feinde

Einige Monate später war Cochise schließlich einverstanden, nach Cañada Alamosa zu kommen. Aber er stellte eine Bedingung. Er wollte Tom Jeffords bei den Verhandlungen an seiner Seite haben. Nicht nur als Übersetzer, der unsere Zunge sprach, sondern als Berater und Vertrauter. Als ich Cochise später einmal fragte, warum er Jeffords gewählt hatte, erklärte er mir:

»Er ist ein Weißauge. Er denkt und spricht wie sie. Er kann mir sagen, wann sie Lügen erzählen. Denn sie können sie vor mir verheimlichen, aber nicht vor einem aus dem eigenen Volk.«

»Warum denkt Cochise, dass ausgerechnet Jeffords mit gerader Zunge zu den Ndé spricht?«

Cochise blickte mich ernst an.

»Er ist das einzige Weißauge, das ein Freund von Cochise wurde. Er hätte die Blaujacken in mein Lager bringen können, Geronimo. Er hat geschworen, uns nicht zu verraten und bislang hat er diesen Schwur gehalten. Es wäre eine große Ehre für ihn gewesen, Häuptling Cochise an die Blaujacken auszuliefern. Aber er will uns nicht schaden. Er sieht den Schmerz und die Not der Ndé und bringt uns sogar Vorräte. Er ist ein Freund, Geronimo. Er kann Unrecht unterscheiden und versucht, Ehre zu haben genau wie du und ich.«

Es fiel mir schwer, Jeffords oder irgendeinem Weißauge zu vertrauen. Ich hasste sie und wollte sie alle töten, genauso wie sie uns vernichten wollten, aber ich respektierte die Meinung des Häuptlings der Chiricahua. Ich dachte an den toten Häuptling der Chihenne und hoffte, dass Cochise nicht ebenso enden würde, nur weil er einem Weißauge sein Vertrauen schenkte. Würde Cochise sterben, würden auch die Ndé sterben. Er war unser einflussreichster Anführer. Solange er mutig kämpfte, ritten wir an seiner Seite. Ich wusste aber auch, dass die Kraft von Cochise nachgelassen hatte.

Ich fand es nicht klug, ein Weißauge als Freund zu haben und es würde viele Monde dauern, bis auch ich herausfinden würde, dass unter den Weißaugen und den Blaujacken ein paar gute Männer waren, die uns Ndé mit Respekt und sogar Freundschaft behandelten. Damals wusste ich noch nicht, dass auch ich wenige Ernten später einen Freund unter den Soldaten haben würde.

Wir waren vor dem neuen Anführer der Blaujacken gewarnt worden. Man sagte, dass General Crook Ndé-Krieger als Scout angeheuert hatte. Zuerst wollten wir nicht glauben, dass viele ihr eigenes Volk verraten würden, denn das Leben eines Kriegers war auf Ehre aufgebaut. Aber anscheinend unterschätzten alle freilebenden Ndé die Verzweiflung und die Angst jener, die in der Gefangenschaft des Reservats lebten. Sie ließen sich angetrieben vom Hunger trainieren wie räudige Hunde.

Bald schon ereignete sich ein Massaker, das uns zeigte, wie gefährlich die neue Taktik dieses Nantans war. Im Nordosten Arizonas lebte eine weitere Gruppe der Ndé, die Yavapai. Sie wurden angeführt von Delche, was in der Sprache der Weißaugen *rote Ameise* bedeutet. Er war nicht großgewachsen, aber ein gefürchteter Krieger. Er und sein Stamm gingen oft auf Raubzüge und Delche widersetzte sich bislang allen Blaujacken in den umliegenden Forts mit Kraft und der Schläue des Kojoten.

Seid Prescott im Norden die Kontrolle über das Gebiet von Arizona erhalten hatte, wuchs auch die Anzahl der Forts und der Blaujacken in diesem Gebiet. General Crook, dem wir den Namen Nantan Lupan gegeben hatten, war in dem Gebiet eingetroffen und mit ihm kamen die gefürchteten Ndé-Scouts.

Unsere Lager wurden von den Nakai-Yes Rancherias genannt und die Blaujacken hatten diese Bezeichnung übernommen. Delche und seine Männer hatten ihr Lager in dem zerfurchten Canyongebiet des Tonto-Beckens. Hier gab es unendlich viele Verstecke. Die Hochebene war umgeben von Gebirgen und Canyons und sie alle boten Quellen und Deckung vor Angriffen.

Die Weißaugen von Prescott hatten ein Kopfgeld auf Delche ausgesetzt. Die anderen Ndé erzählten sich, dass bereits sechs Köpfe von getöteten Kriegern als der von Delche den Weißaugen übergeben und die Prämien ausbezahlt worden waren, aber der gefürchtete Delche lebte noch immer.

Unter den Scouts, die nun bei den Blaujacken lebten, war der Krieger Nantaje. Unter Nantan Crook wurde er zu unserem Feind. Er versprach Crook, dass er Delche und seine Krieger finden würde. Nantaje wusste, dass Delche und seine Yavapai sich meistens in einer Höhle im Gebiet des Salt Rivers versteckten. Diese lag in einem sehr zerklüfteten Canyon und die Blaujacken hätten die Yavapai dort niemals gefunden.

In der Zeit des Geistgesichts, die von den Weißaugen Dezember genannt wird, führte Nantaje eine Truppe Soldaten an. Er sorgte dafür, dass die Blaujacken ihre Stiefel auszogen und stattdessen mit Gras gefüllte Mokassins trugen. Nur ihre Gewehre und Revolver konnten die Männer mitführen.

»Apachen haben Ohren wie Kojoten. Wenn die Blaujacken Lärm machen, werden sie sterben. Wir müssen Delche überraschen. Die Pferde und Feuerwagen müssen hierbleiben.«

Der führende Offizier nickte.

»Ich werde die besten Schützen auswählen, Nantaje. Du wirst sie anführen.«

Die Blaujacken kletterten vorsichtig entlang der schmalen Canyonpfade höher hinauf in die steilen Klippen. Ein Fehltritt würde tödlich enden, denn die Klippen fielen senkrecht zum Canyongrund ab. Schließlich kamen sie um eine Biegung und entdeckten den flackernden Schein der Lagerfeuer, der von den Felswänden zurückgeworfen wurde.

Die Yavapai-Krieger waren von einem Raubzug zurückgekommen und ein geschlachtetes Maultier bot ihnen ein Festessen. Sie fühlten sich völlig sicher, lachten und aßen. Dank des Feuers waren ihre Körper so gut sichtbar, dass die Schützen in Ruhe ihr Ziel auswählen konnten. Schließlich erklang der Befehl.

»Feuer!«, schrie der Teniente.

Das ohrenbetäubende Donnergrollen der Schüsse hallte von den Klippen wider, begleitet von Schmerzensschreien, Ausrufen der Wut und der Todesgesänge, die einige Yavapai anstimmten.

Hastig versuchten sie, sich mit Pfeil und Bogen und ihren Gewehren zu verteidigen, aber die Felsen und die hohe Canyonwand schützten die Soldaten. Die Pfeile und Kugeln prallten von den Felsen ab. Einige Soldaten, deren direktes Ziel bereits verwundet oder getötet auf dem Boden lag, zielten bewusst auf die Felsen, in der Hoffnung, dass Querschläger weitere Krieger töten würden.

Ein paar einzelne Blaujacken konnten an den Yavapai vorbeilaufen und diese dann in ein tödliches Kreuzfeuer nehmen. Den Kriegern war die aussichtslose Situation bewusst und ihr Todesgesang hallte von den hohen Felsen, begleitet von den Schreien der Frauen und der verängstigten Kinder. Einige der Blaujacken konnten durch die Schreie das Lager genau lokalisieren und kletterten in der Dunkelheit auf den Felsvorsprung über der Höhle. Sie rollten schwere Felsbrocken über den Rand. Donnernd schlugen diese mitten in die verbliebenen Ndé ein und erschlugen sie. Der Canyon, der ihnen einst Schutz bot, wurde zu einer tödlichen Falle.

Später erfuhren wir, wie die Blaujacken sich damit brüsteten, dass sie in einer Nacht 66 rebellische Apachen getötet hätten.

Ich erzählte Cochise davon.

»Nur neun Krieger sind ihrem Geisterpony begegnet. Der Rest waren Frauen und Kinder. Das ist kein Grund, stolz zu sein.«

»Was ist mit Delche geschehen? War der Häuptling der Yavapai unter den Toten?«

Ich lachte.

»Nein, er ist noch immer frei. Er entkam, denn er war in jener Nacht gar nicht im Lager.«

Cochise nickte.

»Er ist schlau wie ein Kojote. Geronimo aber sieht bedrückt aus.«

Ich nickte.

»Die vielen toten Frauen und Kinder sind ein großer Verlust für die Yavapai. Es wird viele Ernten dauern, die Zahl des Stammes zu vergrößern. Sie werden sich mit anderen unserer Brüder zusammentun oder aufgeben und in das Reservat ziehen müssen.«

Cochise starrte gedankenverloren in die Flammen.

»Wo sie dann auch nicht sicher wären. Wie konnten die Blaujacken Delches Männer überhaupt finden?«

Ich blickte voller Zorn.

»Ein Verräter hat die Blaujacken zu ihm geführt. Sein Name ist Nantaje. Er ist ein Ndé, aber nun trägt er die blaue Jacke der Soldaten. Er ist ein Feind und kein Ndé mehr. Er hat sein Recht verwirkt, ein Mann unseres Volkes zu sein. Wenn ich ihn sehe, töte ich ihn. Für jeden toten Yavapai soll er einen Pfeil in seinen Körper gebohrt bekommen. Nie soll er an den Ort des Glücks und zu seinen Vorfahren kommen. Dafür werde ich sorgen.«

Es war unfassbar für uns, dass sich unser eigen Fleisch und Blut gegen uns wandte und den Feinden half, uns auszulöschen. Von nun an würden wir auch die Ndé, die für die Blaujacken ritten, verfolgen und umbringen, denn sie waren eine tödliche Gefahr für uns. Nur sie konnten uns in der Wildnis der Berge und Canyons finden und unser Lager verraten.

Kapitel 15

Frieden …

In der Zeit der großen Früchte bis zum Monat der kleinen Adler war Jeffords oft bei Cochise im Lager. Je mehr er das Vertrauen des Häuptlings der Chiricahua gewann, umso mehr misstrauten nun die Blaujacken Jeffords. Allerdings dachten sie auch, dass Jeffords nicht nur unsere Zunge sprach, sondern auch verstand, wie Cochise dachte. Die Blaujacken hatten die Hoffnung, dass dieser Mann es wahrscheinlich doch schaffen würde, Cochise dazu zu bringen, mit den Chiricahua in das Reservat zu ziehen. Wenn erst einmal der führende Häuptling aller Ndé aufgeben würde, dann würden alle anderen sicher bald folgen. Es wäre nur eine Frage der Zeit.

Die Freundschaft zwischen Cochise und Jeffords verwunderte auch viele unter uns Ndé, aber wir akzeptierten sie. Wir nannten ihn Taglito, was in der Sprache der Weißaugen *roter Bart* hieß. Die Blaujacken akzeptierten Jeffords aber immer weniger. Sie fingen an, ihm zu misstrauen und erzählten Lügen über ihn. Die Männer in den Forts behaupteten, dass Taglito uns mit Munition und brennendem Wasser versorgen würde. Es waren Lügen, nichts als Lügen.

Schließlich überredete Jeffords seinen Freund Cochise, ihn tatsächlich zu Friedensgesprächen mit Nantan Gorden Granger und Indian Superintendent Nathanial Pope zu begleiten. Pope war das Weißauge, das für uns Ndé bei den Nantans und Tenientes sprechen sollte. Wir trauten ihm aber nicht wirklich.

Granger und Pope erzählten Cochise von einem Stück Land für das Reservat. Die Chiricahua sollten nach Tularosa ziehen. Das Tal lag sehr hoch und das Wetter war kalt und schlecht. Die Zeit, um dort Mais und andere Pflanzen anzubauen, wäre viel zu kurz. Die Ebene litt unter zahlreichen Fliegen, die die Augen der Pferde und Menschen schädigten. Aber noch schlimmer war die große Anzahl der Eulen, die dort lebten. Für uns Ndé waren sie Botschafter des Todes und das Rufen dieser Nachtvögel war für uns der Ruf der Geister. Das Tal von Tularosa galt unter den Ndé als verflucht. Niemand wollte dort leben. Die Blaujacken hatten bereits Familien der Chihenne dorthin gebracht, aber sie liefen alle weg und suchten im Stamm von Cochise Zuflucht.

Als Nantan Granger eine Antwort von Cochise verlangte und wissen wollte, ob dieser bereit wäre, nach Tularosa zu ziehen, antwortete er Folgendes:

»Ich habe keinen Vater und keine Mutter. Ich bin allein in dieser Welt. Deshalb ist es mir nicht mehr wichtig, ob ich lebe. Ich wünschte, die Steine würden auf mich fallen und mich bedecken. Hätte ich einen Vater und eine Mutter wie du, Nantan Granger, dann würde ich mit ihnen leben und sie wären bei mir. Als ich durch meine Heimat wanderte, riefen alle nach Cochise. Nun ist Cochise hier - du siehst ihn, du hörst ihn. Ist dein Herz froh darüber? Wenn ja, dann sprich so. Amerikaner und Nakai-Yes, ich will nichts vor euch verstecken und will auch nicht, dass ihr etwas vor mir versteckt. Ich werde mit gerader Zunge sprechen - so sollt auch ihr mit gerader Zunge sprechen. Ich will hier in diesen Bergen leben. Ich will nicht nach Tularosa ziehen. Es ist zu weit weg von meiner Heimat. Die Fliegen dort sind so zahlreich. Sie fressen die Augen unserer Pferde. Die bösen Geister leben in Tularosa. Wir können nicht bei den Geistern leben. Ich habe das Wasser dieser Berge hier getrunken und es hat mich gekühlt. Ich will diesen Ort nicht verlassen. Gonit´éé, es ist ein guter Platz.«

Die Verhandlungen blieben also wieder ergebnislos. In der Zwischenzeit war Nantan Lupan, Anführer grauer Wolf, den die Blaujacken General Crook nannten, im nördlichen Arizona und versuchte, jeden Ndé zu vernichten, den er mit Hilfe seiner Scouts fand.

Cochise und seine Chiricahua hatten mehr Glück, denn der weiße Vater Grant schickte ihm einen Nantan namens Oliver Howard. Nantan Howard suchte Cochise und seinen Stamm viele Monde, aber fand ihn nirgends. Schließlich ritt er nach Fort Tularosa. Dort traf Howard den Händler des Forts, Fred Hughes.

»Wenn Sie auf der Suche nach Cochise sind, würde ich zuerst einmal versuchen, Thomas Jeffords ausfindig zu machen, Sir.«

»Und was soll mir das bringen? Ich suche keinen Soldaten, sondern den Häuptling der Chiricahua.«

Hughes nickte.

»Das habe ich schon verstanden. Tatsächlich ist es so, dass dieser Jeffords nicht nur ein Scout und Händler ist, sondern auch ein Freund von dem roten Halunken.«

Howard starrte den Händler mit offenem Mund an.

»Sie erlauben sich wohl einen Scherz mit mir. Cochise hat noch nie einen Weißen verschont, geschweige denn eine

Freundschaft zu einem von uns aufgebaut. Das ist völliger Schwachsinn.«

Doch der Händler schüttelte den Kopf.

»Die Apachen haben ihm sogar einen indianischen Namen gegeben. Sie nennen ihn Taglito, weil er einen roten Bart hat. Wenn Sie mir nicht glauben, fragen Sie General Granger oder den alten Pope unten in Cañada Alamosa. Er ist der Superintendent für indianische Angelegenheiten. Die beiden haben versucht, mit Cochise zu verhandeln, während Jeffords als Übersetzer und Vertrauter von Cochise mit am Lagerfeuer saß. Ich sage Ihnen, wenn Sie Jeffords finden, finden Sie auch Cochise.«

Leutnant Joseph Sladen, der im Dienste Howards stand, ging auf seinen Vorgesetzten zu.

»Mit Verlaub, Sir, ich kann mich erinnern, im Lager der Coyotero-Apachen Gerede über einen großen weißen Mann mit rotem Bart gehört zu haben. Die Coyotero erzählten mir, dass Cochise in diesem Mann einen Freund gefunden hat und dieser immer in seinem Lager willkommen wäre. Ich glaube, der Händler sagt die Wahrheit.«

Es dauerte nicht lange und Tom Jeffords, der von einigen Soldaten Captain Jeffords genannt wurde, folgte der Einladung Howards und traf sich mit dem General für eine Unterredung in dessen Zelt.

Es war nicht verwunderlich, dass Jeffords Captain genannt wurde. Er war groß gewachsen und seine Statur sowie die hellblauen, stechenden Augen waren beeindruckend.

Howards musterte Jeffords einen Moment.

»Sagen Sie mir, Mister Jeffords, ist es wahr, was die Leute erzählen, dass Sie im Lager von Häuptling Cochise in den Chiricahua Bergen waren?«

Jeffords schmunzelte.

»Ja, Sir, das entspricht der Wahrheit. Ich weiß, dass es einige Soldaten gibt, die das bezweifeln, aber ich habe ihn nicht nur einmal besucht, Sir.«

Howards bot Jeffords einen Stuhl an.

»Sie sind der erste Weiße, der an den Apachen-Spähern vorbeigekommen ist und mit ihm sprechen konnte.«

Jeffords blickte den Offizier offen an.

»Was wollen Sie von mir, General Howards?«

»Ich will mit ihm reden. Ich brauche Ihre Hilfe dafür. Bringen Sie Cochise zu mir.«

Jeffords schnaubte.

»Das wird er niemals tun. Er hat die Gefangennahme durch Leutnant Bascom nicht vergessen und nachdem was Ihre Soldaten mit Mangas Coloradas gemacht haben, glauben Sie allen Ernstes, dass Cochise noch einmal einen Fuß in ein Armeelager oder Fort setzt? Da täuschen Sie sich aber gewaltig. Er vertraut keinem in Uniform und ich kann es ihm nicht einmal verdenken.«

Howards kratzte sich an der Schläfe, während Jeffords den leeren Uniformärmel des Generals betrachtete.

»Dann bringen Sie mich zu ihm. Ich kann ihn genauso gut in seinem Lager aufsuchen.«

Jeffords lachte laut auf.

»Ich habe ihm mein Wort gegeben, dass ich keine Soldaten in sein Lager führe und ich gedenke, diesen Schwur zu halten, General. Er würde mir nie mehr vertrauen oder schlimmer noch, uns sofort töten lassen.«

Howard blieb ruhig.

»Ich verstehe Sie. Das Ehrenwort eines Mannes muss gelten und man hat schon genügend Versprechen gebrochen. Schauen Sie, ich bin nicht wie General Crook. Ich bin ein guter Christ, Mister Jeffords. Es ist nicht in meinem Sinn, die Apachen auszurotten. Ich will ehrlich zu Ihnen sein. Ich bin in dieses Gebiet versetzt worden, weil Crook in Nord Arizona damit beschäftigt ist, kurzen Prozess mit jedem Apachen zu machen, der ihm vor den Gewehrlauf kommt. Er hat Scouts von den White Mountain Apachen angeheuert und ihnen genügend Essen und warme Decken für ihre Familien versprochen, wenn sie ihm dabei helfen, alle anderen Apachen gefangen zu nehmen. Es spielt für ihn keine Rolle, ob tot oder lebendig. Die Apachen sind keine Menschen für ihn. Sie haben seiner Meinung nach keine Daseinsberechtigung. Verstehen Sie, was das heißt?«

Jeffords kratzte seinen roten Bart.

»Er will sie gar nicht in ein Reservat bringen, oder?«

Howards schüttelte den Kopf.

»Nein, Jeffords. Er hat geschworen, jede Rancheria der Ndé dem Erdboden gleich zu machen. Helfen Sie mir! Er ist ein Feind, wie die Apachen ihn noch nie hatten. Crook ist grausam und unnachgiebig. Cochise und alle freilebenden Apachen sind in großer Gefahr.«

Jeffords kniff die Augen zusammen.

»Ist Ihnen bewusst, dass Sie gegen die Statuten der Armee handeln?«

Howards nickte.

»Mister Jeffords, ich bin ein guter Christ. Ich muss in erster Linie meinem Herrn und Schöpfer Rechenschaft ablegen. Natürlich befolge ich die Befehle, die ich erhalte, aber das heißt noch lange nicht, dass ich zu einem Mörder von unschuldigen Frauen und Kindern werden muss. Wissen Sie, was da oben im Norden mit den Yavapai passiert ist? Es waren nur neun Krieger, Jeffords. Der Rest der erledigten Apachen, mit denen sich die Armee im Moment so brüstet, waren Frauen und kleine Kinder. Man hat sie mit Steinen erschlagen, im Kugelhagel niedergemäht wie Schlachtvieh und skalpiert. Die Apachen nennen den Canyon nun Canyon der Totenschädel. Ich will nicht Teil einer solchen Strategie sein. Helfen Sie mir, die Zeit drängt.«

Jeffords war nicht wohl bei der Sache.

»Ich kann keine Soldaten in sein Lager bringen.«

Howards nickte. Er deutete auf den leeren Ärmel seiner Uniformjacke.

»Glauben Sie mir, ich weiß, was Krieg bedeutet. Ich werde meine Männer hier lassen und allein mit Ihnen zu Cochise reiten.«

»Ich kann Ihnen nicht garantieren, dass wir das überhaupt überleben werden, Sir«, gab Jeffords zu bedenken.

»Alles in dieser Welt ist in Gottes Hand.«

Jeffords stand auf.

»In Ordnung. Ch´ik´eh doleel.«

General Howard runzelte die Stirn.

»Was heißt das?«

Jeffords griff nach seinem Hut.

»In Ordnung – so soll es sein. Wir brechen bei Tagesanbruch auf, Sir, aber lassen Sie um Himmels Willen ihre Truppen hier. Ich warne Sie, es kann Wochen dauern, bis wir ihn finden. Das wird eine strapaziöse Reise«, fügte er mit einem Blick auf den fehlenden Arm des Generals hinzu.

Dieser lächelte müde.

»Glauben Sie mir, ich bin bereits mehrfach durch die Hölle marschiert. Ich werde es durchhalten.«

Kapitel 16

Der Ritt zu Cochise

Zu General Howards Überraschung stießen sie am zweiten Tag auf Häuptling Victorio von den Warm Springs Apachen.

»Ich will dir Cañada Alamosa zeigen, Nantan Howard. Wir handeln schon lange mit den Weißaugen dort. Einige von uns Ndé leben nun in der Nähe. Es ist nun ein Reservat und wir haben einen Mann dort, der für uns spricht.«

Howard runzelte die Stirn.

»Er meint den Indianer Agenten Pope, Sir«, erklärte Jeffords.

Dann zeigte er auf zwei Männer, die Howards begleiteten. Sie trugen keine Uniformen.

»Das sind unser Übersetzer Jacob May, mein Adjutant Captain Sladen und unser Packer, Zebina Streeter. Er wird uns beim Beladen der Packtiere helfen. Ich habe einige Vorräte dabei und wenn wir Cochise bald finden, bleiben umso mehr Nahrungsmittel für ihn und die Chiricahua übrig.«

Jeffords nickte. Er war froh, dass Captain Sladen darauf verzichtete, seine Uniform zu tragen. Howard nickte zu einem jungen Apachen hinüber.

»Mister Jeffords, wer ist der junge Krieger? Gehört er zu Victorios Leuten?«

Jeffords nickte dem Apachen zu, der stoisch auf seinem Pferd saß.

»Das ist Chie, Sir. Er ist Cochises Neffe. Coyunturas Sohn.«

Howard runzelte die Stirn.

»Der Name sagt mir nichts.«

Jeffords schwieg einen Moment.

»Er wurde damals zusammen mit seinem Sohn Chie in Bascoms Lager am Apache Pass gefangen genommen. Chie entkam, aber Leutnant Moore hat seine beiden Brüder und seinen Vater hängen lassen.«

»Gütiger Himmel, kein Wunder, dass er mich so hasserfüllt anstarrt. Warum reitet er mit uns?«

Jeffords blickte den jungen Krieger an. Dann wandte er sich Howard zu.

»Er will nach Hause, Sir. Er will zu den paar Leuten, die von seiner Familie noch übrig sind.«

In der Nähe von Cañada Alamosa stieß ein weiterer Verwandter von Cochise zu ihnen. Sein Name war Ponce. Er weigerte sich, im Reservat zu leben und ging ab und zu auf Raubzüge. Ponce war ein Einzelgänger und liebte die Freiheit so sehr wie Geronimo. Dennoch schloss er sich den Reitern an. Howard zeigte keine Furcht. Er nickte und grüßte den älteren Krieger.

»Ho, Ponce, ich sehe dich. Du wirst mit uns reiten. Enjuh! Das ist gut.«

Ponce schmunzelte und sprach mit Jeffords.

»Was sagt er?«

»Er sagt, es ist gut, dass ein Nantan der Blaujacken ein wenig ihre Zunge spricht. Jetzt müssen die Blaujacken nur noch das Leben der Ndé verstehen.«

Howard nickte.

»Das Leben der Ndé, Nit´ééhi – das Leben, welches gut ist.«

Ponce nickte ebenfalls.

Dann ritten sie weiter.

Die sechs Männer ritten von Cañada Alamosa weiter nach Fort Bayard, um ihre Vorräte aufzustocken und um beim Schmied das ein oder andere Hufeisen wechseln zu lassen. Von dort ging es weiter in die Minenstadt Silver City. Es dauerte nur wenige Minuten und ein wütender Mob fand sich zusammen mit der Absicht, Ponce und den jungen Chie aufzuhängen. Victorio war zum Glück in Cañada Alamosa geblieben. Der Häuptling der Warm Springs Apachen wäre ein gefundenes Fressen für den Mob gewesen.

»Die Apachen sind alles Mörder und Frauenschänder. Knüpft diese roten Teufel auf. Los, Männer, holt sie von den Gäulen.«

Jeffords blickte ruhig in die Runde und zog sein Gewehr aus dem Futteral.

»Hier wird überhaupt niemand gehängt. Diese beiden Männer stehen unter dem Schutz der Armee.«

Der Rädelsführer des Mobs aber pöbelte zurück.

»Seit wann schützt die Armee diese Halunken? Es sind Mörder und Viehdiebe und müssen ausgerottet werden.«

Da zog General Howard seine Pistole und zielte dem Mann zwischen die Augen.

»Einen Schritt weiter und Sie fangen sich eine Kugel ein.«

Um seinen Worten mehr Ausdruck zu verleihen, zielten nun auch die Waffen von Sladen, dem Übersetzer May und Streeter auf die streitsüchtige Horde. Keinem der Schürfer war es wert, den eigenen Kopf für das Aufhängen eines Apachen zu riskieren und so ließen sie die Männer murrend weiterreiten.

»Wir werden nicht hierbleiben, sondern suchen uns ein Lager eine gute Reitstunde von hier«, schlug General Howard vor.

Jeffords nickte.

»Guter Vorschlag. Man weiß nie, was in den Hitzköpfen vor sich geht, wenn sie noch ein paar Gläser abgefüllte Courage hinter die Binde kippen.«

Howards drehte sich zu Ponce und Chie um. Die beiden blickten ihm offen und weniger hasserfüllt entgegen.

»Das erste Mal, dass eine Blaujacke Ponce beschützt und nicht töten will. Enjuh! Das ist gut.«

Die Gruppe ritt weiter zum Apache Pass. Die Männer wussten, dass hier blutige Kämpfe stattgefunden hatten und Opfer auf beiden Seiten an diesem umkämpften Pass ihr Leben verloren hatten. General Howard schlug vor, dass sie alle in Fort Bowie übernachten sollten. Ponce und Chie blieben aber außerhalb des Forts bei einer Gruppe Apachen, die in einiger Distanz zu den Baracken der Soldaten ihre Wicki-up Unterstände aufgebaut hatten. Es waren hauptsächlich Frauen und Kinder, die nicht mehr die Kraft hatten, ständig vor den Feinden zu fliehen.

Bei Sonnenaufgang des nächsten Tages stiegen Jeffords, General Howard, sein Adjutant und der Übersetzer auf ihre Pferde. Auch Chie schloss sich ihnen wieder an. Ponce aber hatte sich dazu entschlossen, für ein paar Tage in dem kleinen Lager der Ndé beim Fort Bowie zu bleiben. Jeffords vermutete, dass er um seine Freiheit fürchtete und erst einmal abwarten wollte, was aus den Friedensverhandlungen werden würde. Auch der Packer, der für das Beladen der Maultiere verantwortlich war, zog es vor, im Fort zu bleiben.

Jeffords konnte ihm seine offensichtliche Angst nicht verübeln. Auch er machte sich Sorgen, wie Cochise reagieren würde, wenn er die beiden Offiziere in sein Lager bringen würde. Zum Glück hatte er seinen Neffen Chie bei sich. Es würde mit Sicherheit eine Beruhigung für Cochise sein, wenn er sah, dass diesem Neffen diesmal kein Haar gekrümmt wurde.

Stunden später kam die Gruppe in ein zerklüftetes Canyongebiet. Die roten Felsen wirkten wie von Riesenhand aufgetürmt und boten tausend Verstecke.

»Wenn Cochise sein Lager noch immer in dieser Gegend hat, haben uns seine Späher mit Sicherheit schon längst entdeckt«, sagte Jeffords.

Howard nickte.

»Wie nennt man dieses Gebiet hier?«

Jeffords zeigte zum Horizont.

»Dies ist ein Ausläufer der Chiricahua-Berge. Man nennt den Canyon Stronghold.«

General Howard drehte sich im Sattel um.

»Cochise ist ein kluger Mann. Dieser Canyon ist ideal für ein Lager. Er übersieht das gesamte Tal auf der West- und

Ostseite. Niemand kann sich den Chiricahua nähern, ohne vorher entdeckt zu werden. Er aber kann seine Männer hinter diesen Felsen verstecken, ohne dass man auch nur ahnen könnte, dass einem die Apachen auflauern. Denken Sie, er weiß bereits, dass wir hier sind?«

Jeffords nickte.

»Ich bin überzeugt davon. Jetzt heißt es, ruhig und besonnen zu bleiben. Wir werden sie erst dann sehen, wenn sie es für richtig halten, sich uns zu zeigen.«

Howard blickte sich um.

Zu Jeffords Verwunderung schien er aber nicht ängstlich zu sein, ganz im Gegensatz zu May und Captain Sladen. Die beiden blickten nervös von rechts nach links und suchten die Felswände nach Zeichen von lauernden Kriegern ab.

»Ich kann ihn verstehen.«

Jeffords runzelte die Stirn.

»Verzeihung, Sir?«

Howard deutete auf die Umgebung.

»Ich kann Cochise verstehen, dass er all das nicht aufgeben will. Es ist schön hier. Nicht unbedingt die Landschaft, die wir Männer der Ostküste gewohnt sind, auch nicht die bewaldeten Berge und Täler voller Flüsse und Seen, aber dennoch hat die Landschaft hier ihren Reiz. Schauen Sie auf die Wolken. Der Himmel scheint hier zum Greifen nah. Ja, ich verstehe Cochise.«

Jeffords musterte den General schweigend. Sollte dieser Mann wirklich ein christliches Herz für die Apachen haben? Er würde es sich so für dieses Volk wünschen.

Die Männer ritten südwestlich über einen Kamm der Dragoon-Berge und auf der anderen Seite wieder den steilen Pfad herab. Sie kamen an einen schmalen Bachlauf und folgten diesem in östlicher Richtung, bis sie schließlich an einem von der Natur erschaffenen Tor ankamen. Auf beiden Seiten des schmalen Durchgangs türmten sich die Felsklippen gut 100 Fuß hoch. Sie ritten einzeln hindurch und kamen auf einer gut 16 Hektar großen Lichtung an. Einzelne Eichenbäume standen wie dunkelgrüne Zeitzeugen verteilt in dem Gebiet und spendeten Schatten.

Die Apachen kamen auf die Gruppe zugelaufen. Als sie Cochises Neffen Chie und Jeffords erkannten, griffen sie aber nicht an. Cochises jüngerer Sohn Naiche trat auf Jeffords zu.

»Mein Vater ist nicht im Lager, aber wir erwarten ihn in ein paar Handbreit zurück.«

Er musterte die drei anderen Männer mit hasserfülltem Blick.

»Du bringst die Pindah-Lickoyee in unser Lager, obwohl du es meinem Vater geschworen hast, dies nie zu tun. Du sprichst nicht mit gerader Zunge, genau wie die anderen Weißaugen.«

Später beschrieb der Übersetzer Jacob May die Begegnung von Howard mit Cochise und den Chiricahua:

»Bevor Jeffords etwas erwidern konnte, ging ein Ruf durch die Gruppe der Chiricahua: *Er kommt!*

Schon kam ein beeindruckender Krieger den steilen Pfad herabgeritten. Er trug einen langen Speer bei sich und sein Gesicht war zinnoberrot und schwarz bemalt. Der Krieger brachte sein galoppierendes Pferd vor Jeffords zum Stehen und sprang von dessen Rücken. Dann lief er auf Jeffords zu und umarmte ihn herzlich. Howard blickte staunend zu den beiden Männern.«

»General Howard, das ist Juan, Cochises anderer Bruder. Bitte erwähnen Sie den toten Bruder nicht. Sie sprechen nicht über die Verstorbenen.«

Der General nickte.

Er blickte in die Richtung, aus der Juan in das Lager geritten kam. Mit großer Erhabenheit folgte eine kleinere Gruppe Krieger. Cochise kam zu ihnen geritten. Er wurde von seinem Sohn Taza, seiner Frau und deren Schwester begleitet. Cochise stieg vom Pferd und umarmte Jeffords, nicht ganz so stürmisch wie Juan, aber mit unverkennbarer Wärme in seinem Lächeln.

»Ho, Taglito, mein Freund, du bist gekommen.«

Dann wandte er sich dem Mann neben Jeffords zu.

»General, dies ist der Mann. Er ist es, Häuptling Cochise.«

Howard war beeindruckt. Cochise war genauso groß wie der großgewachsene Jeffords und ihn umgab eine Aura der Autorität. Selbst bei seinen eigenen Offizieren hatte er so eine Ausstrahlung noch nie gesehen.

»Jeffords muss einen guten Grund haben, einen Nantan der Blaujacken in mein Lager zu bringen, obwohl er geschworen hat, dies nicht zu tun.«

Cochise blickte ihn fragend an. Im Lager herrschte plötzlich Stille und Jeffords nickte nervös. Er wusste, dass die nächsten Momente über ihr Schicksal entscheiden würden.

Cochise wandte sich dem General zu.

»Buenos Dias, Nantan. Willst du Cochise selbst sagen, warum du in mein Lager gekommen bist?«

»Nish-´ii Cochise, ich sehe dich und mein Herz ist froh. Der Präsident hat mich geschickt, um mit dir Frieden zu schließen. Ich spreche mit gerader Zunge. Wenn ich darf, würde ich gerne deinem Bruder Juan meine Waffen geben, damit du siehst, dass ich in Frieden komme.«

Jeffords war über den Mut von General Howard überrascht, aber er wusste auch, dass Cochise mutige Männer respektierte.

Cochise winkte sie zum Kochfeuer der Frauen.

»Wir werden essen und rauchen und dann reden wir.«

Sie saßen zusammen und Captain Sladen sowie Jacob May wirkten überrascht, wie entspannt die Atmosphäre am Lagerfeuer war. Jeffords beobachtete Cochise. Dieser rieb sich nach dem Essen über den Bauch, als ob er Schmerzen haben würde. Der Häuptling hatte nicht so viel wie seine Gäste gegessen. Überhaupt wirkte er dünner als bei ihrem letzten Zusammentreffen.

»Geht es Cochise gut?«, wollte Jeffords wissen.

»Doo dat-´éé da. Es ist in Ordnung, nicht wichtig. Unser Diyen muss Kräuter für mich suchen. Manchmal bereitet das Essen Schmerzen.«

Dann wandte er sich an Howard.

»Lass uns rauchen, damit der Rauch zu Ussen aufsteigt und unsere Gebete und Worte zu ihm kommen. Es sollen keine Lügen zwischen uns stehen.«

»Nantan Howard, niemand wünscht sich den Frieden mehr als ich. Schau dich um, meine Krieger und meine Pferde sind zu dünn. Ich hätte mehr Reittiere auf Raubzügen erbeuten können, aber ich habe seit dem Treffen mit dem anderen Nantan in Cañada Alamosa nichts Böses getan. Ich hätte die Weißaugen und ihre Kutschen auf der Tucson-Straße überfallen können, aber auch das hat Cochise seinen Kriegern nicht erlaubt. Gib mir das Gebiet von Apache Pass als Reservat und meine Krieger und ich werden die Straße nach Tucson beschützen. Ich werde dafür sorgen, dass kein Ndé die Weißaugen dort überfällt und tötet. Das Wort von Cochise ist stark, Nantan Howard. Selbst Geronimo respektiert Cochises Wort.«

»Häuptling, der weiße Vater hat Cañada Alamosa als neues Zuhause für die Chiricahua Ndé bestimmt. Ich kann euch das Gebiet vom Apache Pass nicht überlassen.«

»Howard, Cochise muss mit seinen anderen Anführern beraten. Ich kann nicht für alle Ndé entscheiden. Sie haben ein Recht, zu sprechen. Ich fürchte mich vor weiteren Blaujacken-Patrouillen. Zuerst müssen die anderen Häuptlinge an meinem Ratsfeuer sein. Ich will nicht, dass sie auf dem Weg in unser Lager von euren Feuerwagen getötet werden.«

General Howard überlegte.

Jeffords mischte sich ein.

»Cochise hat recht, General. Sie wissen genauso gut wie ich, dass die Armee genügend Gründe hätte, die Apachen wie Karnickel zu jagen, wenn es sich erst einmal herumspricht, dass sie sich hier mit Cochise treffen werden. Wir sollten ihnen diese Zeit geben.«

Howard nickte.

»Enjuh, Cochise! Ich werde Leutnant Sladen nach Fort Bowie schicken, damit keine Patrouillen ausrücken.«

Cochise schüttelte aber den Kopf.

»Die Blaujacken dort werden einem Teniente nicht glauben. Er kann dem Nantan von Fort Bowie nicht sagen, was er zu tun hat. Du aber bist ein Nantan. Du musst selbst nach Fort Bowie.«

»Aber ich kenne den Weg von hier nach Fort Bowie nicht«, widersprach der General.

Cochise winkte seinen Neffen Chie zu sich und sprach auf ihn ein. Dem Gesichtsausdruck war klar abzulesen, dass Chie den Vorschlag seines Onkels nicht gut fand. Schließlich aber gab er nach und nickte.

»Der Sohn meines toten Bruders wird Howard nach Fort Bowie begleiten. Er kennt den Weg. Beschütze ihn vor den Blaujacken. Ich habe schon zu viele meiner Familie verloren. Ich möchte nicht, dass ihm etwas geschieht.«

General Howard nickte.

»Jeffords, bleiben Sie zusammen mit May bei den Chiricahua. Wir können ihr Vertrauen nur dann gewinnen, wenn wir ebenso großes Risiko eingehen wie sie.«

Die nächsten Tage wechselten sie oft das Lager innerhalb des Stronghold Canyons. Cochise zeigte Captain Sladen sein Haus, das nichts weiter war als eine Steinhütte unter einem großen Felsüberhang. Es war lediglich eine mit aufgeschichteten Felsen geschützte Höhle.

»Die vielen Feinde zwingen mich und meine Familie, an schlechten Orten zu leben. Es ist kalt in der Zeit des Geistgesichts. Wir können oft kein Feuer machen, denn es würde die Blaujacken hierherführen.«

In den zehn Tagen, in denen sie auf die Rückkehr von General Howard warteten, fragte Sladen Jeffords öfter, ob er dem General vertraute und ob es dieser wohl wirklich ehrlich mit den Apachen meinte. Es war klar, dass er nach wie vor Angst um sein Leben hatte.

»Ich glaube, er ist ein aufrichtiger Mann und zudem ein guter Christ. Er hat die Grausamkeiten des Kriegs am eigenen Leib erfahren. Außerdem ist er ein Mann der Ehre. Er ist anders als all die Generäle, die ich vor ihm getroffen habe. Ja, ich glaube, er ist ehrlich um den Frieden bemüht.«

Sladen blickte stirnrunzelnd in das San Pedro Tal unter ihnen.

»Ich hoffe es sehr, Jeffords. Die Apachen, sie sind nicht so, wie sie beschrieben werden. Wären es die hinterhältigen Mörder, wie die Soldaten und Siedler behaupten, dann hätten sie uns schon längst umgebracht. Ich hoffe, das bleibt so.«

Jeffords nickte.

»Ich auch, mein Freund. Ich auch.«

Kapitel 17

Der Friedensvertrag

Die meisten von Cochises Läufern kamen nach zehn Tagen zurück in das Lager der Chiricahua. Die Unterhäuptlinge begleiteten sie. Ich selbst folgte dem Ruf Cochises nicht. Es gab keinen Grund, den Blaujacken zu vertrauen. Ich war aber bereit, Cochise in das Reservat zu folgen, wenn sich der Vertrag diesmal nicht als Verrat und Lüge herausstellen sollte. Cochises Sohn Naiche, der mein Freund war, berichtete mir später von dem großen Ratsfeuer.

»Sie saßen alle zusammen in einem großen Kreis. Die Frauen und Kinder dahinter, wie es bei den Ndé Sitte ist. Sie haben eines unserer heiligen Gebete gesungen und dann hat mein Vater erklärt, dass die Geister wollen, dass wir unser Brot mit den Blaujacken zusammen essen. Das haben wir getan. Mein Vater schickte Chie mit einem weißen Tuch zum Knob Hill. Geronimo kennt den Platz?«

Ich nickte.

»Warum hat er das getan?«

Naiche erklärte mir, dass sein Vater Nantan Howard darum bat, die Anführer von Fort Bowie zu ihm zu bringen.

»Das weiße Tuch sollte allen zeigen, dass nun Frieden zwischen den Ndé und den Blaujacken herrscht.«

Ich schnaubte verächtlich.

»Vielleicht zwischen Cochise und den Blaujacken, aber nicht zwischen den Chihenne und den Pindah-Lickoyee. Sie sind noch immer meine Feinde. Das, was sie getan haben, kann ich nicht vergessen.«

»Erinnert sich Geronimo, wo die Overland-Kutschen-Station am Apache Pass war?«

Ich nickte.

»Natürlich. Das ist bei Dragoon Springs. Warum?«

Naiche erzählte weiter, dass sich am nächsten Tag die Chiricahua und die Offiziere von Fort Bowie zusammen mit Nantan Howard und Taglito, den die Weißaugen Jeffords nannten, dort trafen.

»Sie sind alle zusammengesessen. Howard hat kein Papier mit den schwarzen Zeichen gemacht und auch mein Vater hat sein Zeichen nicht unter ein Papier gemacht. Cochise musste versprechen, dass er nicht mehr auf Raubzüge geht.«

Ich schüttelte den Kopf.

»Dann wird Cochise nicht genügend Essen für sein Volk haben, wenn die Zeit des Geistgesichts kommt. Sie werden hungern.«

Naiche nickte.

»Das hat mein Vater auch gesagt. Deshalb hat Nantan Howard Decken, Fleisch und andere Vorräte für die Chiricahua versprochen. Er weiß, dass wir nicht genügend Wild finden werden, wenn wir nur noch an einem Ort leben. Wir sollen auch versuchen, Mais und Kürbis anzubauen.«

»Ussen wird uns zeigen, ob diesmal Frieden sein kann zwischen unseren Völkern«, sagte ich schließlich.

Cochises jüngerer Sohn zuckte mit den Schultern.

»Naiches Gesicht zeigt mir, dass er etwas nicht gut findet.«

Der junge Krieger nickte.

»Der Nantan sagte, dass er nicht für die Nakai-Yes sprechen kann und der Vertrag auch nicht für die Verräter im Süden gilt.«

Ich lachte.

»Aber das Reservat liegt genau an der Grenze.«

Naiche nickte.

»Das sagte mein Vater auch. Er erklärte dem Nantan und den Offizieren, dass er keinen Frieden mit den Nakai-Yes macht und dort noch immer auf Raubzüge gehen kann. Aber Nantan Howard ist damit nicht einverstanden.«

Ich verzog das Gesicht.

»Siehst du, Naiche. Eine Seite wird immer gegen die Ndé sein. Aber vielleicht schenkt uns Ussen ja dieses Mal den Frieden.«

Später erzählte mir ein Anführer der Blaujacken, dass Nantan Lupan, den sie General Crook nennen, dem Friedensvertrag nicht glaubte, weil Nantan Howard das weiße Papier mit den seltsamen schwarzen Zeichen nicht hatte. Es wurde nichts bei dem Treffen bei Dragoon Springs aufgeschrieben und so gab es dieses Papier auch nicht.

Jeffords, der Cochises Freund war, wurde auch ein guter Freund von Nantan Howard.

Er sagte ihm: »Niemand hätte diese Mission so gut erfüllt wie Sie, Sir. Endlich haben die Chiricahua eine Chance auf Frieden.«

Howard nickte, als er sich von Jeffords verabschiedete.

»Ohne Sie und Ihre Freundschaft zu Cochise wäre es mir niemals gelungen. Ich bin froh, einen Vertrauten bei den Chiricahua zu wissen, dem dieses Volk genauso am Herz liegt wie mir.«

Ich aber hatte den brutalen Nantan Lupan nicht vergessen und wusste, dass er nur auf eine Chance wartete, uns alle zu vernichten.

Im Oktober 1872 wurde offiziell Frieden zwischen General Howard und Cochise geschlossen. Die Weißaugen nannten es einen historischen Moment. Wir wussten nicht, was das bedeutete. Aber Nantan Howard versuchte es den Chiricahua-Kriegern zu zeigen. Er befahl dreien seiner Offiziere, einen großen Felsen auf eine der höheren Felsklippen zu tragen. Cochise wunderte sich, was er damit wollte. Dann zeigte Nantan Howard auf den Felsen hoch oben am Eingang des West Strongholds.

»Der Frieden, der heute zwischen Cochise und den Chiricahua-Ndé und den Blaujacken geschlossen wurde, soll so lange ungebrochen andauern, wie der Fels dort oben sein wird. Beide Seiten sollen den Frieden erhalten.«

Kapitel 18
Das Reservat

Die Grenzen des Reservats wurden im Dezember 1872 festgesetzt. Fort Bowie am Apache Pass lag im neuen Reservat und Cochise bestand darauf, dass die Blaujacken von Fort Bowie weder ihm noch seinen Kriegern Befehle erteilen konnten. Er misstraute den Blaujacken noch immer, denn er hatte den Verrat von Bascom und die Erhängung seines Bruders und der beiden anderen Neffen nie vergessen.

Alle hatten Zweifel, ob der Frieden halten würde. Sowohl wir Ndé als auch die Blaujacken hatten zu viele gebrochene Versprechen erlebt. Es war eine große Herausforderung für Cochise und auch für Jeffords. Sie mussten in wenigen Monden alle Gruppen der Chiricahua zusammenbringen und von dem neuen Frieden überzeugen. Jeffords und sein Helfer Fred Hughes handelten einen Friedensvertrag mit den Nednhis aus. Er meldete Nantan Howard, dass er 325 Nednhis und Bedonkohe geführt von Häuptling Juh in den Chiricahua Mountains bei einem Treffen am Pinery Canyon vom Frieden überzeugt hatte.

Cochise schickte zur gleichen Zeit seine Läufer in die südlichsten Ausläufer der Chiricahua-Berge und nach Nordmexiko, um die Ndé, die dort lebten, zu ihm in das Reservat zu bringen. Im Tularosa-Reservat in den Mongollen Mountains lebten die meisten der Chihenne. Sie wurden von Victorio und Häuptling Loco angeführt. Auch Lozen war bei ihnen. Im gleichen Reservat lebte eine weitere Gruppe von Bedonkohe mit ihren Häuptlingen Chiva und Gordo. Sie waren von den Blaujacken gegen ihren Willen in der Zeit der kleinen Adler von Ojo Caliente hierhergebracht worden.

Die Häuptlinge der Bedonkohe und Chiricahua konnten sich mit dem Reservat abfinden, da es im Gebiet ihrer Vorfahren lag. Die Chihenne aber waren unglücklich, denn sie hatten ihre geliebte Heimat Warm Springs, wie die Weißaugen Ojo Caliente nannten, verloren. Sie wollten dorthin zurückkehren. Es war nicht nur ihre Heimat, sondern für alle

Chiricahua-Gruppen ein heiliger Ort und wichtig für das spirituelle Leben der Ndé. Tularosa aber war nach wie vor ein Tal, in dem wir böse Geister vermuteten und die Fliegenplage machte die Kinder und das Vieh krank.

In der Zeit des Geistgesichts des Jahres 1872 waren zum ersten Mal alle Chiricahua in Reservaten. Jeffords berichtete mir einmal, dass 700 Ndé in den Chiricahua-Bergen und 544 Ndé in Tularosa leben würden.

»Ich kenne die Zahlen der Weißaugen nicht gut, Taglito. Alles, was Geronimo weiß, ist, dass wir einst viel zahlreicher und frei waren. Nun leben wir auf zwei kleinen Stücken Erde, obwohl unsere Heimat einst so groß war wie der Horizont, den die Augen der Ndé erblicken konnten.«

Jeffords verstand mich.

»Ho, Geronimo, ich höre dich und ich verstehe, dass dein Herz schwer ist. Ich weiß, dass auch die Chihenne in ihre Heimat an den warmen Quellen zurückkehren wollen. Ich verstehe, dass euch das Land dort heilig ist. Vielleicht können Victorio und Loco schon bald dorthin zurück. Aber zuerst müssen die Chiricahua beweisen, dass sie es mit dem Frieden ernst meinen.«

»Denkt Jeffords, dass die Blaujacken und die Weißaugen beim weißen Vater im Osten verstehen, dass nicht jeder Ndé gleich ist und dass wir verschiedene Gebiete als Heimat gewohnt sind? Geronimo glaubt es nicht, denn sie nennen uns alle Chiricahua. Es ist so, als ob du alle Vögel am Himmel Falken nennst, aber manche sind Eulen, die nur nachts fliegen, manche sind Adler und manche sind Falken. Die Blaujacken erwarten, dass wir nun alle Bedonkohe oder Chiricahua sind und nicht mehr Nednhi oder Chihenne.«

Nantan Howard und Jeffords, den wir Taglito nannten, hatten ihre Mission gut erfüllt. Einen wichtigen Punkt hatten sie dabei aber übersehen. Wir verspürten seit vielen Ernten eine große Feindschaft gegenüber den Nakai-Yes. Die Menschen von Sonora aber hassten wir am meisten. Wir hatten nicht vergessen, wie unsere Frauen und Kinder von den Nakai-Yes in diesem Gebiet erschlagen und skalpiert oder auf Sklavenmärkten verkauft worden waren.

Das Reservat der Chiricahua grenzte südlich an das Gebiet von Sonora und weder Cochise noch die anderen Krieger hatten die Absicht, Frieden mit den Nakai-Yes zu halten.

Als Jeffords Cochise darauf ansprach, sagte dieser:

»Cochise hat den Frieden mit den Weißaugen und den Blaujacken gemacht, Taglito. Auch meine Söhne Taza und Naiche werden sich an diesen Frieden halten. Die anderen Häuptlinge Victorio, Juh, Loco, Natiza, Nana, Nolgee und auch Geronimo, der ein Anführer, wenn auch kein Häuptling der Chihenne ist, werden sich Cochises Wort beugen und sich an den Vertrag halten. Aber wir haben keinen Frieden mit den verlogenen Nakai-Yes geschlossen. Cochises Wort ist mächtig, aber nicht einmal Ussens Wort könnte die Ndé dazu bringen, unsere Waffen nicht mehr gegen die Nakai-Yes zu erheben. Das kann auch mein Freund Jeffords nicht von uns verlangen.«

Jeffords konnte Cochise verstehen und so bedrängte er ihn nicht weiter. Cochise versuchte ständig, die Krieger von Raubzügen nach Sonora abzuhalten, aber es war allen lieber, wenn die jungen Ndé-Krieger auf Raubzüge jenseits der Grenze gehen würden, wenn dafür die weißen Siedler, Farmen und Städte verschont wurden. Jeffords sorgte umgekehrt dafür, dass weder Weißaugen noch Blaujacken in das Reservat ritten, um Ndé zu töten.

Obwohl nun alle Chiricahua in Reservaten lebten, glaubte General Crook nicht an den Frieden. Er war überzeugt, dass kein Ndé sich an die Abmachungen halten würde, wenn ihm zuvor nicht der Wille wie bei einem wilden Pferd gebrochen worden war.

Manche Weißaugen in den Siedlungen beschwerten sich, dass Cochises Reservat zu nahe an ihren Farmen und Städten lag und man den roten Wilden zu viel gutes Land geschenkt hatte. Sie gaben Nantan Lupan, dem grauen Wolf recht, dass Cochise nicht wirklich besiegt wurde und man uns Ndé nie trauen sollte. Viele erzählten Lügen und behaupteten, dass wir nur Kraft sammeln wollten, um dann die Weißaugen und die Forts zu überfallen und den Weißaugen alle Rinder zu stehlen. Sie wussten alle nicht, wie wenig Ndé überhaupt noch lebten oder die Kraft hatten, wieder in den Kampf zu ziehen.

Weder Cochise noch ich machten uns etwas vor. Wir wussten, dass das Reservat der Chiricahua von Blaujacken umzingelt war. Nantan Lupan brachte mehr und mehr Blaujacken nach Camp Grant und zu den anderen Forts. Im Westen lagen Fort Buchanan und Fort Huachuca nur einen Tagesmarsch vom Stronghold. Im Osten war Fort Bowie und im Norden Fort Grant. An der Grenze im Süden warteten die Soldaten der Nakai-Yes nur darauf, uns abzuschlachten, denn auch sie mussten sich nicht an den Friedensvertrag halten, aber das vergaß Nantan Lupan anscheinend. Dazu kamen die vielen Weißaugen, die ihre eigenen Gesetze hatten. Sie machten sich einen Spaß daraus, uns zu jagen und sie hielten sich nicht an die Regeln der Blaujacken. Nein, der Frieden war nicht sicher und die Ndé waren wohl in größerer Gefahr als die Weißaugen.

Kapitel 19

Der Agent des Reservats

Jeffords wurde als Agent der Ndé eingesetzt. Zunächst blieb es friedlich. Taglito verstand die Chiricahua und ließ ihnen ihre Freiheit innerhalb des Reservats. Er zwang sie nicht wie andere Agenten der roten Völker, um die Agentur herumzulungern und auf die nächsten Rationen zu warten wie ein Rudel hungriger Hunde. Wir hatten die Geschichten über andere Reservate gehört und wussten, dass es den Ndé gut ging. Die Anzahl der Kinder nahm zu und die Frauen kamen wieder zu Kräften. Bald schon aber stieß Jeffords auf ein großes Problem.

Er besuchte Cochise. Sie rauchten zusammen und der Häuptling musterte seinen Freund.

»Taglito sieht besorgt aus.«

Jeffords nickte.

»Ich habe ein Schreiben erhalten. Colonel Hooker will keine Rinder mehr liefern.«

Cochise blickte ihn überrascht an.

»Warum? Es ist doch ein gutes Geschäft für ihn?«

Jeffords blickte grimmig ins Tal.

»Er behauptet, dass er für die letzte Herde nicht bezahlt wurde.«

»Hm. Und stimmt das?«

Jeffords zuckte mit den Schultern.

»Nun, das Büro für indianische Angelegenheiten behauptet, dass die Armee den Frieden mit Cochise gemacht hat, also soll auch die Armee das Fleisch bezahlen.«

Cochise nickte bedächtig.

»Müssen meine Familien fürchten, kein Fleisch zu bekommen?«

Jeffords schüttelte den Kopf.

»Natürlich nicht, aber es wird ein paar Wochen dauern, bis sie sich genügend darüber gestritten haben, wer nun was bezahlen und liefern muss.«

»Als es darum ging, die Ndé zu vernichten, waren sich alle Weißaugen einig, aber nun, da es darum geht, die Ndé mit Essen zu versorgen, will niemand der Anführer sein. Ihr seid ein seltsames Volk, Taglito. Eure Papiere mit den schwarzen Zeichen darauf machen das Leben kompliziert und schwierig.«

Jeffords schmunzelte.

»Wie immer hat mein Freund weise gesprochen. Ich wünschte mir, mehr würden denken wie Cochise.«

Er blickte den Häuptling an. Er wirkte dünner, obwohl ihm Jeffords genügend Rationen zukommen ließ.

»Wie alt ist Cochise nun?«, wollte er wissen.

»Ich bin 66 Ernten, mein Freund. Warum will Jeffords das wissen?«

»Du wirkst müde und bist dünner geworden. Hast du genügend zu Essen?«

Cochise nickte.

»Die Muskeln werden schwächer, seit ich nicht mehr in den Kampf ziehe. Ich habe genügend zu Essen, aber nicht mehr den gleichen Hunger. Die Raubzüge haben mich immer hungrig gemacht«, fügte er mit einem leisen Lachen hinzu.

Dann schwieg er für einen Moment.

»Manchmal schmerzt mein Bauch und ich muss vorsichtig sein, nicht zu viel zu essen.«

Jeffords blickte zu ein paar Kriegern hinüber, die sich im Messerkampf übten.

»Taza ist ein guter Krieger geworden.«

Cochise lächelte mit stolzem Blick.

»Er wird Häuptling der Chiricahua werden, wenn ich in das Land des Glücks ziehe. Ich habe ihn alles gelehrt, was er wissen muss, und er wird den Frieden halten genau wie sein Vater.«

»Ich hoffe, ich habe Cochise noch lange als meinen Freund an meiner Seite«, sagte Jeffords und gab dem Häuptling einen Beutel Tobaho.

»Das bestimmt Ussen, Taglito. Alles wird von ihm bestimmt, alles ist von ihm geschaffen und alles wird von ihm hinweggetragen wie das Staubkorn in der Zeit der starken Winde.«

»Ch´ik´eh doleel – so soll es sein«, antwortete Jeffords.

»Du sprichst unsere Zunge besser mit jedem Mond. Es wird Zeit, dass du dir eine Ndé zur Frau nimmst«, sagte Cochise schmunzelnd.

Die beiden lachten und waren dankbar für ihre außergewöhnliche Freundschaft.

»Ussen hat mir gezeigt, dass nicht alle Weißaugen Feinde sind. Ich bin ihm dankbar, dass er Taglito Jeffords in mein Leben geschickt hat. Du hast Cochise geholfen, die restlichen Ndé zu retten. Wäre es nach Natan Lupan, dem großen grauen Wolf gegangen, wären wir alle an unserem Happy Place und kein Ndé würde mehr die alten Lieder singen und die alten Tänze tanzen.«

Jeffords war tief gerührt.

»Einst habe ich dir mein Wort gegeben und ich werde es bis zu meinem Tod halten. Ich werde die Ndé und Cochise niemals verraten.«

Der Chiricahua klopfte ihm auf die Schulter.

»Es ist an der Zeit, in die Agentur zurückzukehren. Mach dir keine Sorgen, ich werde dafür sorgen, dass ihr euer Rindfleisch bekommt und mehr noch, ich werde auch einen Medizinmann der Blaujacken für euch unter Vertrag nehmen.«

Er stieg auf sein Pferd, aber Cochise rief ihn zurück.

»Ich bete zu Ussen, dass er dich an unseren Ort des Glücks bringt, wenn du deinem Geisterpony begegnest.«

Jeffords schmunzelte.

»Und wer wird mich vor all deinen Vorfahren schützen? Sie würden mich als Pindah-Lickoyee sehen.«

Cochise schüttelte den Kopf.

»Ich werde dich beschützen, denn ich werde vor dir im Land der Vorfahren sein.«

Jeffords sah den Ernst in Cochises Augen und wusste nicht, was er darauf erwidern sollte. Er winkte dem Häuptling der Chiricahua zu und ritt zurück zur Sulphur Springs Agentur.

Kapitel 20

Tom Jeffords hat nicht nur Freunde

Tom Jeffords hatte Freunde unter den Soldaten. Sie respektierten seinen Mut. Einer dieser Freunde war Unteroffizier W. S. Grant, der in Fort Bowie am Apache Pass stationiert war. Er berichtete viele Monate später Folgendes:

»Die Apachen in diesem Reservat lebten so frei, wie sie wollten. Meist lagerten sie um die Wasserstellen und Quellen, manchmal auch unter Wicki-up-Unterständen aus Ästen und trockenem Gras in der Nähe der Agentur. Keiner von ihnen schien längere Zeit an einem Ort zu bleiben. Ein paar Goldsucher waren spurlos verschwunden und einige Reisende wurden bestohlen. Eigentlich sollten die Apachen ja friedlich sein und man konnte ihnen auch keinen Mord nachweisen.

Captain Jeffords und der alte Cochise sind nach wie vor gute Freunde. Jeffords kann sich ohne Gefahr durch das ganze Reservat und in jedem Lager der Apachen bewegen. Kein anderer weißer Mann könnte solch ein Risiko eingehen. Wenn die Offiziere der Forts nach Gesprächen mit den Apachen verlangen, betreten sie die Baracken nur dann, wenn Jeffords dabei ist. Ihr Vertrauen in ihn muss wohl grenzenlos sein. Er braucht auch keinen Übersetzer, denn Jeffords spricht mittlerweile die Sprache der Apachen ganz gut. «

Manche aber standen Jeffords skeptisch gegenüber. Seine Freundschaft zu den Ndé und Cochise hielt ihn aber nicht davon ab, seiner Pflicht als Agent der Ndé nachzukommen. Bei jedem Besuch in den verschiedenen Lagern zählte er die Apachen und zum Erstaunen der meisten Soldaten waren sie immer vollzählig, obwohl sie sich die Freiheit herausnahmen, innerhalb der Reservatsgrenzen ihre Lager öfter an anderen Stellen zu errichten.

Ein Zeitungsartikel bewies, dass Jeffords seine Pflichten nicht vernachlässigte, obwohl das mehrfach behauptet wurde. Er griff bei Verstößen durchaus unnachgiebig durch. Die Zeitung Arizona Citizen berichtete von folgendem Umstand:

Vor einigen Tagen erhielt Indianer-Agent Tom Jeffords die Nachricht, dass der Clan rund um Juh und Geronimo einen mexikanischen Jungen aus Sonora oder Chihuahua entführt hatte. Am 6. Juli zog Jeffords los zu einem Lager der Nednhi und fand den kleinen Jungen tatsächlich bei Geronimo. Dieser behauptete, dass der Junge sein Eigentum wäre und dass er ihn gegen ein Lösegeld an Jeffords übergeben würde. Agent Jeffords aber blieb hart und verweigerte Geronimo das Lösegeld. Er nahm den Jungen einfach mit, ohne sich von Juh oder Geronimo einschüchtern zu lassen. Man kann Captain Tom Jeffords für seinen Mut, so unerschrocken auf den berüchtigten Geronimo zuzugehen, nur bewundern.

Das Problem war, dass die Nednhi mit ihren eigenen Häuptlingen jenseits der Grenze in Mexiko plünderten und weder Juh noch Geronimo sahen sich an den Friedensvertrag gebunden. Sie stellten für Jeffords eine große Herausforderung dar. Zwar lebten sie nun mit gut 250 Stammesmitgliedern in dem Reservat, aber wann immer es zu Raubzügen in Mexiko kam, waren es meistens die Nednhi, die diese ausführten.

Wie es Jeffords gelungen war, Geronimo den entführten Jungen einfach wegzunehmen, blieb ein Rätsel. Entweder war der bärtige Indianeragent tatsächlich so mutig und furchtlos wie in der Zeitung beschrieben oder es lag etwas an den Gerüchten, die der Händler Fred Hughes später verbreitete. In einem Fort stellte dieser folgende Behauptung auf:

»Ich habe diesen Geronimo immer als den größten Unhold im Reservat eingeschätzt. Aber nicht nur das. Er ist auch ein elender Feigling. Geronimo ist ein Taugenichts und offensichtlich empfinden es auch die eigenen Frauen im Stamm so. Es gab mehr als eine Situation, in der er von so mancher Squaw eine Ohrfeige bezog und sich damit zum Gespött der anderen Krieger machte. Mittlerweile glaube ich, dass es die Armee war, die den Mythos vom unbesiegbaren, gefährlichen Krieger erschaffen hat, um über ihr eigenes Versagen hinwegzutäuschen.«

Der Packer Zebina Streeter, der Jeffords damals zusammen mit General Howard bis Fort Bowie begleitet hatte, wurde später zu Fred Hughes zurückgeschickt, um diesem beim Aufbau einer Handelsstation zu helfen. Er teilte die Meinung über Geronimo nicht mit seinem Vorgesetzten. Er fürchtete den Krieger.

In der Zwischenzeit halfen die Chiricahua Tom Jeffords dabei, eine Agentur bei Nick Rogers Sulphur Springs Ranch aufzubauen. Ein Adobe-Gebäude von 12 auf 12 Fuß Größe wurde errichtet und Rogers erhielt monatlich 50 $ dafür, dass er ihnen das Land für die Agentur zur Verfügung stellte. Allerdings war das Gebäude viel zu klein, denn drei Männer mussten darin leben und außerdem alle Handelsgüter wie warme Decken, Kochtöpfe, Farmutensilien, Stoff, Mehl, Saatgut und mehr darin gelagert werden.

Das unerbittliche Wetter in dieser Gegend beschädigte die Vorratsschuppen regelmäßig.

Jeffords hielt sein Versprechen und heuerte den Armee-Doktor Simon Freeman für die Agentur an, um sich um schlimmere Verletzungen und Krankheiten im Reservat zu kümmern, wenn er nicht in Fort Bowie gebraucht wurde.

Im August 1873 aber zwang das Büro für indianische Angelegenheiten Jeffords dazu, die Agentur nach San Simon Cienega in der Nähe zur Grenze von New Mexico zu verlegen. Cochise war einverstanden und verlegte einige seiner Chiricahua dorthin, um beim Aufbau einer größeren Agentur und dem Bestellen von Farmland zu helfen. Leider verstanden weder die Chiricahua noch Tom Jeffords viel davon, eine Farm aufzubauen und so ging es nur schleppend voran. Aber das war nicht das einzige Problem.

Wenige Monde später verlangte Cochise ein Gespräch mit Jeffords.

»Mein Freund, Cochise und seine Familien wollen nicht hierbleiben.«

Jeffords runzelte die Stirn.

»Sprich, Cochise, ich höre dich.«

»Das Vieh wird krank. Der Boden ist nicht gut für den Anbau von Mais. Der Ort ist verflucht. Meine Krieger sagen, dass böse Geister hier leben. In vier Monden sind vier unserer Kinder gestorben. Etwas ist schlecht an diesem Ort, Jeffords.«

»Es könnte Malaria sein, aber ich bin mir nicht sicher. Ich werde mit meinen Vorgesetzten sprechen.«

Auch Jeffords hatte Zweifel, ob dies der richtige Ort für die zukünftige Agentur der Ndé war.

Eine Woche später traf er sich wieder mit Cochise.

»Ho, Cochise, ich sehe dich. Ich bringe dir eine gute Nachricht. Wir haben die Erlaubnis, die neue Agentur im Pinery Canyon aufzubauen. Das ist nur 20 Meilen südlich vom Apache Pass.«

Cochise lächelte.

»Enjuh! Das sind gute Nachrichten, mein Freund.«

Aber Jeffords berichtete Cochise an jenem Tag auch von seinen eigenen Sorgen.

»Man versucht, mir Fälschung der Inventurlisten nachzuweisen und zu allem Übel hat das Department für indianische Angelegenheiten weder mich noch meine Helfer bezahlt.«

Cochise schüttelte den Kopf.

»Wie lange hat Jeffords sein Geld nicht bekommen?«

»Vierzehn Monde. Ich hoffe, das ändert sich bald. Das größere Problem sind die Ndé, die aus den White Mountains und von Tularosa hierherkommen. Ich kann nicht alle ernähren, Cochise. Die anderen Reservatsagenten geben ihnen ein Papier, das ihnen erlaubt, ihr Reservat zu verlassen und auf die Jagd zu gehen. Stattdessen aber gehen sie auf Raubzüge zu den Nakai-Yes. Ich versuche, sie hier zu behalten, bevor sie uns Schwierigkeiten machen, aber die Rationen werden knapp und die Chiricahua sollen nun regelmäßig gezählt werden. Man glaubt wohl, dass einige von Cochises Kriegern das Reservat heimlich verlassen haben und ich die Rationen nicht ehrlich verteile.«

Cochise nickte.

»Um alle zu zählen, müssen die Chiricahua immer in der Nähe der Agentur sein, Taglito. Sonst kannst du die Ndé nicht zählen. Es scheint, dass man dir genauso misstraut wie uns. Die Blaujacken und Weißaugen verstehen nicht, dass wir nicht für Ruhm auf diese Raubzüge gehen. Wir sind nicht wie die Lakota oder die Kiowa in der Prärie. Wir gehen auf Raubzüge, um unsere Familien zu ernähren.«

Jeffords nickte.

»Ich bin froh, dass mir Cochise, Taza und Naiche helfen, die gestohlenen Rinder zu ihren Eigentümern zurückzubringen, aber ich fürchte, das Problem wird größer werden. Wir haben 1.100 Ndé hier im Reservat. Das Essen reicht gerade so für die Chiricahua. Der neue Nantan Vandever wirft mir vor, dass ich die Ndé von Tularosa hierherbringe und damit die Überfälle auf die Nakai-Yes verdopple. Dieser Nantan, der nun in diesem Gebiet zuständig ist, will, dass ich meinen Posten verliere. Er spricht nicht mit gerader Zunge und verbreitet Lügen über mich in den Zeitungen und in den Städten.«

Cochise blickte ernst in das Tal unter ihnen.

»Es wäre schlecht für die Ndé, wenn Taglito nicht mehr unser Agent wäre. Für Cochise wäre es ein Tag voller Trauer, denn Taglito ist sein Freund.«

Jeffords musste sich wiederholt rechtfertigen und gab am 25. September 1873 ein Interview im Arizona Citizen:

»Am 22. September kamen einige der Ndé, für die ich verantwortlich bin, zu mir und berichteten von acht gestohlenen Pferden, die aus Santa Cruz, Sonora in das Reservat gebracht wurden. Ich gab den Apachen die Order, diese Pferde der Gruppe, die den Diebstahl begangen hatte, wegzunehmen und mir zu übergeben. Ich werde dafür sorgen, dass diese Pferde an ihre Eigentümer zurückgegeben werden. Es handelt sich dabei um ein Fuchsfohlen, zwei Grauschimmel, ein cremefarbenes Pferd und vier kastanienbraune Pferde. Wie Sie sehen, sind die Krieger von Cochise aufrichtige Menschen und halten sich an die Abmachungen. Der Raubzug wurde von einer Gruppe Krieger durchgeführt, die gar nicht in diesem Reservat ansässig sind.«

Kapitel 21

Ein Geschenk für die Blutsbrüder

Anfang 1874 hatte der Rinderlieferant Colonel Henry Hooker seine Meinung geändert und lieferte die Rinder nun wieder regelmäßig von seiner Sierra Bonita Ranch in das Reservat, wie es vereinbart war. Jeffords hatte dafür gesorgt, dass er regelmäßig vom Department für indianische Angelegenheiten bezahlt wurde. Hookers Vertrauen in Jeffords war gewachsen und auch sein Respekt für Cochise. Eines Tages kam er selbst in die Agentur geritten. Er führte eine kleine Herde Rinder mit sich und Jeffords freute sich sehr, den Colonel selbst begrüßen zu können.

»Ich würde gerne Häuptling Cochise treffen.«

Jeffords nickte.

»Das haben Sie in Ihrem Brief angekündigt. Er ist schon auf dem Weg in die Agentur.«

Nachdem Jeffords und Hooker zusammen die Rinder begutachteten und ein paar freundliche Worte ausgetauscht hatten, kam Cochise bei den beiden Männern an. Er schüttelte Hooker die Hand, wie es Sitte bei den Weißaugen war.

»Cochise freut sich, Captu Hooker zu sehen. Er sorgt gut für die Ndé. Sein Fleisch ist gut. Viele der anderen roten Brüder in dem Reservat von Tularosa beneiden Cochise und seine Chiricahua um das saftige Fleisch über unseren Kochfeuern.«

Hooker lachte. Er hatte sich an seinen Spitznamen Captu gewöhnt.

Cochise winkte eine der Frauen zu sich.

»Ich habe ein Geschenk für Captu Hooker.«

Er übergab dem überraschten Oberst eine schwere, mexikanische Wolldecke. Als er sie öffnete, blickte er erstaunt auf die Webarbeit. Das Muster entsprach den Symbolen der Ndé und in der Mitte war ein weißes C mit schwarzem Rand eingewoben worden. Cochise deutete darauf.

»Mein Zeichen. Cochise.«

Auf der Rückseite der Decke war an jeder Ecke ein H aus schwarzer Wolle eingewoben.

Cochise zeigte abermals mit dem Finger darauf.

»Hooker. Das ist das Zeichen deines Namens. Taglito hat mir gezeigt, wie es aussehen muss.«

Colonel Hooker war überrascht über das Geschenk und begutachtete die Qualität der Wolle und der reichhaltigen Farben.

»Es hat ihn eine Monatsration gekostet, Sir«, erklärte Jeffords. »Es ist eine große Ehre, Colonel Hooker. Er macht nicht oft Geschenke und ich habe noch nie gesehen, dass er einem Weißen etwas so Wertvolles geschenkt hat. Er muss Sie sehr schätzen, denn Cochise weiß, was bitterer Hunger bedeutet und dass viele der Indianer in den Reservaten Fleisch von übelster Qualität erhalten.«

Hooker schluckte sichtlich gerührt.

»Ich werde dieses Geschenk wertschätzen und diese Decke in meiner Familie bewahren. Meine Kinder sollen meinem Beispiel folgen und dieses Geschenk für alle Generationen ehren, denn es kommt von einem großen Mann. Ahíyi'e', Cochise.«

Einige Monde später brachten die Eisenbahn und der Planwagen mit Proviant zusätzlich besondere Geschenke für Cochise und seinen Freund Taglito. Es handelte sich dabei um zwei identische Wolldecken. Jeffords rief den Häuptling zu sich und zeigte ihm die unerwartete Lieferung.

»Cochise, schau, diese Decken wurden in einer Stadt am großen Wasser im Westen gewoben. Wir nennen sie San Francisco. Das hier ist die beste Wolle, die man im Westen finden kann. Jede Decke wiegt gut 20 Pfund so dicht gewoben sind sie.«

Cochise strahlte über das ganze Gesicht und strich versonnen über die Decke.

»Die Wolle ist schwer und warm. Cochise wird nie mehr die Kälte der Nacht fühlen. Nicht einmal in der Zeit des Geistgesichts. Sieh hier, das sind die Symbole und Farben der Ndé. Sie ist ausreichend groß, um mich von meinen Mokassins bis zu meinem Kopf zu wärmen. Wer schickt uns ein solch wertvolles Geschenk?«

Jeffords zuckte die Schultern.

»Es war eine Karte dabei, aber ein Name stand nicht darin. Ich habe aber eine Vermutung.«

Cochise nickte.

»Du denkst, dass Captu Hooker sie geschickt hat.«

Jeffords nickte.

»Ja. Auf der Karte steht: *Eine Freundschaft wärmt das Herz eines Mannes, die Decke seinen Körper.*«

Cochise legte die Decke über die Schulter.

»Wie sehe ich aus, Taglito?«

Jeffords lachte.

»Genauso wie ein großer Häuptling aussehen muss. Die Decke ist dem größten Häuptling der Ndé würdig.«

Cochise lachte mit Jeffords, dann ging er zurück zu seiner Familie, um sich an das Feuer zu setzen. Sein Gang war voller Stolz und immer wieder strich er mit einem kleinen Lächeln über die rote Decke mit ihrem auffälligen Muster.

Jeffords aber betrachtete den Häuptling beim Weggehen. Er war noch immer groß und seine Körperhaltung gerade wie eine Kriegslanze. Aber Jeffords gefiel das schmale Gesicht nicht und auch nicht die gräulich wirkende Gesichtsfarbe. Der Häuptling hatte definitiv an Gewicht verloren. Tom Jeffords fing an, sich Sorgen zu machen. Es war offensichtlich – Häuptling Cochise war krank. Gesagt hatte er es zwar nicht und auch keine Hilfe des weißen Medizinmannes aus Fort Bowie in Anspruch genommen, aber er sah schlecht aus.

Der Frieden mit den Apachen war zerbrechlich und Jeffords fürchtete das Schlimmste, falls Cochise etwas zustoßen würde. Sein Sohn Taza war gut auf seine zukünftige Rolle als Häuptling der Chiricahua vorbereitet, aber niemand hatte so viel Macht und Einfluss bei den Ndé wie Cochise und was noch viel wichtiger war: Niemand konnte die Krieger so effektiv davon überzeugen, vom Krieg abzusehen wie der erfahrene Häuptling der Chiricahua. Jeffords war klar, dass der Frieden im Reservat auf wackligen Beinen stand, zumal Naiche, Cochises jüngerer Sohn ein Hitzkopf war.

»Gott gib, dass Cochise noch lange lebt«, flüsterte er.

Aber seine Sorge war nicht nur aus der Sicht des Indianeragenten begründet, denn er empfand eine tiefe Freundschaft und Verbundenheit zu Cochise. Die anderen Weißen sahen in Cochise einen Wilden und einen Mörder, der einer Rasse angehörte, die laut den meisten Soldaten und Siedlern weit unter ihnen stand. Jeffords wusste es besser. Er sah den Mann, den Familienvater und den Anführer eines ganzen Volkes. Für Jeffords war Cochise weder niedriger im Stand noch weniger wert wegen seiner Hautfarbe oder seiner Lebensweise. Jeffords sah nur eins in dem Häuptling der Chiricahua – den Menschen Cochise und den besten Freund, den er je hatte.

ENDE

Band 3 erscheint im Winter 2024/2025!

Eine Veröffentlichung der EK-2 Publishing GmbH
Friedensstraße 12, 47228 Duisburg
Registergericht: Duisburg, Handelsregisternummer: HRB 30321
Geschäftsführerin: Monika Münstermann

E-Mail: info@ek2-publishing.com
Website: www.ek2-publishing.com

Coverart: Markus Röhr
Umschlag: Jörg Piesker
Autorin: Manuela Schneider
Lektorat: Martina Wehr
Buchsatz: Jill Marc Münstermann
1. Auflage, August 2024

Druckhinweis:

Libri Plureos GmbH

Friedensallee 273

22763 Hamburg

Fotos der Originalschauplätze

von den Recherchereisen der Autorin ...

Links: Die Autorin auf Studienreise in Arizona für die Recherchen zu ihrer Romanreihe. Rechts: Pionier Friedhof Pearce, im Cochise-Reservat gelegen.

Die Gegend rund um Tucson, Arizona.

Ihre Zufriedenheit ist unser Ziel!

Liebe Leser, liebe Leserinnen,

hat Ihnen unser Buch gefallen? Haben Sie Anmerkungen für uns? Kritik? Bitte zögern Sie nicht, uns zu schreiben. Wir werden jede Nachricht persönlich lesen und beantworten.

Schreiben Sie uns: info@ek2-publishing.com

Wussten Sie schon, dass Sie uns dabei unterstützen können, deutsche Militärliteratur sichtbarer zu machen? Bitte nehmen Sie sich einen Moment Zeit und bewerten Sie dieses Buch auf Amazon. Viele positive Rezensionen führen dazu, dass das Buch mehr Menschen angezeigt wird.

Sie können somit mit wenigen Minuten Zeitaufwand unserem kleinen Familienunternehmen einen großen Gefallen tun. Vielen Dank für Ihre Unterstützung!

PS: In seltenen Fällen kommt ein Buch beschädigt beim Kunden an. Bitte zögern Sie in diesem Fall nicht, uns zu kontaktieren. Selbstverständlich ersetzen wir Ihnen das Buch kostenlos.

Verpassen Sie keine Neuerscheinung mehr!

Tragen Sie sich in den Newsletter von *EK-2 Militär* ein, um über aktuelle Angebote und Neuerscheinungen informiert zu werden. Als besonderes Dankeschön erhalten Sie **kostenlos** das E-Book »Die Weltenkrieg Saga« von Tom Zola. Enthalten sind alle drei Teile der Trilogie.

Link zum Newsletter:
https://ek2-publishing.aweb.page